步入诗词殿堂之门径

熊东遨 著

——忆雪堂讲诗录

河南文艺出版社

·郑州·

图书在版编目（CIP）数据

步入诗词殿堂之门径：忆雪堂讲诗录/熊东遨
著. —郑州:河南文艺出版社,2018.7
ISBN 978-7-5559-0648-3

Ⅰ.①步… Ⅱ.①熊… Ⅲ.①诗词-诗歌创作-中
国②诗词-诗歌欣赏-中国 Ⅳ.①I207.2

中国版本图书馆 CIP 数据核字（2018）第 062809 号

出版发行　河南文艺出版社
本社地址　郑州市鑫苑路 18 号 11 栋
邮政编码　450011
售书热线　0371-65379196
承印单位　河南瑞之光印刷股份有限公司
经销单位　新华书店
开　　本　890 毫米×1240 毫米　1/32
印　　张　8
字　　数　155 000
版　　次　2018 年 7 月第 1 版
印　　次　2018 年 7 月第 1 次印刷
定　　价　38.00 元

印厂地址　河南省武陟县产业集聚区东区（詹店镇）泰安路
邮政编码　454950　　电话　0391-2527860

自序

　　余曩昔在湖湘，尝以《求不是斋诗话》十余则叩问于先师廉秋刘公之门。师诲曰：人生年少，可以纵情为歌诗，不可以轻易言诗话。余初不甚解，及年逾知命，始有所悟。盖歌诗可凭一时才气为之，诗话则必得饱经磨砺、识透炎凉而后始可言也。

　　自先师逝后数十年间，余旅食四方，采诗、讲诗、教诗、赏诗，杂著虽多，然未敢有以"诗话"名之者①。

　　客岁老友国钦王君过穗，茗叙于白云山。言及当下诗坛情状，深以风雅式微、浮华日甚为忧。因把余手曰："兄多年来讲学撰文，四方布道，大有功德于吟坛；然述作之精彩，仅散见于各处，未集中于一编，宁不憾耶？弟今来，特为敝社约稿耳；倘得散珠成串，荐向诗友，当可稍匡风气，普惠后生。"言讫，面含微笑，目放精

---

　　① 拙作《求不是斋诗话》，至耳顺后始为补足，以合著形式刊行。

光,已不容余推谢矣。事遂讲定。

王君归去不越月,余即拣箧中零散之作辑为一编以寄之。其内容无外乎创作闲谈、诗界趣闻、名篇赏析、课堂讲义……事非记一时,文不同一体,美其名曰《忆雪堂讲诗录》。

芜稿寄达,竟蒙国钦首肯。不唯提出诸多灼见,更于"讲诗录"之上,另冠书名《步入诗词殿堂之门径》。一名之赐,顿使拙编大为生色。邈何人哉,蒙故人推重如许,晚岁得以此书梓行世间,亦可告慰先师于地下矣。

戊戌春暮明非熊东邈识于忆雪堂

目　录

一　论说篇

步入诗词殿堂之门径

四　赏析篇

5

附录

一 论说篇

无情则诗死　有情则诗生

——例说花草诗中的情感寄托

引言

　　诗最本质的特征、最基本的要素是"情"。明人谢榛说："作诗本乎情景，孤不自成，两不相背……夫情景有异同，模写有难易，诗有二要，莫切于斯者。观则同于外，感则异于内，当自用其力，使内外如一，出入此心而无间也。景乃诗之媒，情乃诗之胚，合而为诗，以数言而统万形，元气浑成，其浩无涯矣。"（《四溟诗话》卷三）。谢榛所讲的"二要"，虽然"孤不自成，两不相背"，但其重心应在后者上。因为"媒"只是连通载体；"胚"才是生命元素。有媒无胚的"诗"，如同净身入宫的太监，即便娶了"对食"，也无法延续生命。

　　情是诗的血液，无情之诗，类于失血躯壳，妆化得再漂亮也是僵尸。无情则诗死，有情则诗生。情，从某种意义上说，就是思想。下面，让我们选取一些例证，来分析、感受高手们是如何通过咏物来寄托思想感情、展现内心世界的。由于咏物诗种类繁多，就不一一赘述,本文只就"花草"诗开说。

一

梅在中国传统"花草"诗中所占的比重最大,我们的分析就从梅花开始。

王蛰堪的《水龙吟·梅》,吐露出一种淡淡的幽怀:

千红一例都休,孤芳恰是春时候。黄昏雪霁,庭前喜见,一枝独秀。占尽风情,无言应笑,天桃嫩柳。爱绿英镶额,红潮泛靥,经年别,浑依旧。 曾幾良宵对酒,伴琼姿岁寒相守。箫残月冷,停杯乍觉,暗香盈袖。可惜流光,伤心唯向,梦边携手。倩玉蕤留夜,幽窗燃烛,共吟魂瘦。

从"喜见""伤心",到"停杯""留夜",不凭标新立异争胜负,只在一个"情"字上下功夫。"绿英镶额,红潮泛靥",梅之形象固可爱也,更难得"经年别,浑依旧",深情不改。故词人得与"岁寒相守""共吟魂瘦"。此种"情",篇中未着一字,却随处可感。正因为如此,梅之标格,也就不言自见了。

方春阳的《梅花》,则能予人以诗外的启迪:

浮动横斜续亦难,不妨放笔且凭栏。

诗家妙句无多少,剩着些儿宠牡丹。

题曰"梅花",意旨全在梅外。咏梅诗自林和靖"疏影横斜""暗香浮动"一出,"续亦难"确已成为事实。然而此事实并非诗人倡导"不妨放笔"的真正原因;他真正忧虑的,是那种追风逐潮现象。后二句委婉地告诫人们:凡事不要盲目追从,一窝蜂拥上,而应留有余地,兼顾其他。这些言外意,值得读者认真发掘。

陈永正的《钟落潭忆梅》,所寓情怀,更多地展现了智者的哲思:

十年江国见华枝,过眼如云总自持。

此夜满潭微月荡,到无寻处始相思。

通篇围绕一"忆"字做文章,然其着力处只在结句。"到无寻处始相思",足见这"相思"之"了无益"。作者道此一端,或在警示人们:凡事须珍惜眼前,切勿以"过眼如云总自持"自欺也。此种情,虽亦缠绵,终是冷静。

失去后才知其珍贵,才开始追忆,是许多人的通病。有此病不可怕,可怕的是不觉悟、不自省。人世间有大量的药,竟无一味可供后悔者服用。诗人通过对梅花的追忆,用切身体会,告诉了人们梅花以外的许多道理。小中见大,平中见奇,非具大情怀者不能如是说,非具大智慧者不能如是观。

我也写过一首《梅花》诗,因梅及雪,顺说如次:

与雪偕来自守时,冰怀元不要人知。

多情柳眼休相觑,属意平生只有诗。

过去许多人一提到梅花,就是"傲冰霜""斗风雪"那一套。"与雪偕来自守时",雪到梅开,能走到一起就是缘分,只宜相互映衬,不可相互斗争;否则百世修来的夫妻,也会斗到死。"冰怀元不要人知",高洁的情怀,不须要谁知道。凡想要人家知道的"冰怀",其"高洁"必定有限。转句用一个"多情柳眼",是从杜审言的"云霞出海曙,梅柳渡江春"生发,写梅花"孤傲"的一面。梅雪同心,所"属意"者除"诗"而外,别无其他。"有梅无雪不精神,有雪无诗俗了人,日暮诗成天又雪,与梅并作十分春",何曾有个"柳眼"?

拙诗经内子小梅窗和出后,又有了翻新:

莫自多情忆旧时,千年难得一相知。

孤山不遇林和靖,肯把天香嫁与诗?

这是一曲专属于我的"梅花",甜言蜜语,类于私房话。诗很朴素,只借梅花抒情,吐露自家心迹。"孤山不遇林和靖,肯把天香嫁与诗"?答案不难想到。"千年难得一相知",出于妻子之口,每次想起,心中都会生出几分得意来。情,并非像"我爱你"那么简单;真正的情,是从心里流出来的,不是从嘴里喊出来的。

位居"花中四君子"之列的菊与兰,也常被诗人们用来寄托情怀。历代名篇不在少数，大家耳熟能详，故不多举。这里只简介两首本人的尝试。

其一是《野菊》：

> 尺土维根梦自宽，西风未改旧时欢。
> 真堪我友无羁子，不戴谁家定制冠。
> 天与片云成隐逸，夜生零露试清寒。
> 居身只在寻常处，高格须君俯首看。

此诗没有太多的晦涩，所寓情理，一看便明。无非以花喻人：强调的是品性，崇尚的是自由，享受的是安闲，鄙夷的是势利，如此而已。骨子里透出来的那一丝丝傲气，算是文人通病吧。

其二是《野兰》：

> 芽箭才抽寸许长，便团清露惜幽芳。
> 倘非弱质天娇惯，定是初心雪隐藏。
> 斯世已无君子国，旧根元在水云乡。
> 周遭不忌红潮染，自守崖阿一角凉。

同是托物言怀，与《野菊》的以自喻为主不同，此首更多是追慕偶像。"倘非弱质天娇惯，定是初心雪隐藏""斯世已无君子国，旧根元在水云乡""周遭不忌红潮染，自守崖阿一角凉"，有赞扬、有怜惜、有慨叹、有认同、有向往……百味交陈，不一而足。"红潮"二字,尤须玩味。

二

花,有极品,也有常品。决定花草诗高下的,不是物的品位,而是情的品位。侯孝琼的《临江仙·菜花》,就是一首寓纯情于常品的好词:

紫玉瓶中罕见,群芳谱内难求。黄金涌浪日华流。愿添山海味,不上玉人头。　　岂若牡丹富丽,何如桃李风流。但将心露荐珍馐。休言春雨贵,未必贵如油。

古人写"菜花"的诗句,我们见过许多。如刘禹锡的"百亩庭中半是苔,桃花净尽菜花开"(《再游玄都观》)、齐己的"吹苑野风桃叶碧,压畦春露菜花黄"(《题梁贤巽公房》)、温庭筠的"沃田桑景晚,平野菜花春"(《宿沣曲僧舍》)、杨万里的"儿童急走追黄蝶,飞入菜花无处寻"(《宿新市徐公店》)、王文治的"日暮平原风过处,菜花香杂豆花香"(《安宁道中即事》)等等。在这些诗句里,虽然出现了"菜花"字样,但都只是陪衬而非主角。

乾隆皇帝倒是写过一首纯正的《菜花》诗:"黄萼裳裳绿叶稠,千村欣卜榨新油。爱他生计资民用,不是闲花野草流。"然而通篇只是主子对臣民的口气,居高临下,除了"钦此"之外,读不出什么亲切感来。

真正让菜花美到心里的，是侯先生这首《临江仙》。"紫玉瓶中罕见，群芳谱内难求"，大众中的一员，平常身世，和你没有距离感；"黄金涌浪日华流"，小家碧玉，亮丽清纯，其天然姿色风霜难掩；"愿添山海味，不上玉人头"，具仁心，甘奉献，耻于争媚，格调自高。只寥寥数语，便写尽菜花外形内质。下阕从品性上进一步做出肯定，以素心素面示人，着实让富丽的"牡丹"和风流的"桃李"做了一回配角；结语旧事翻新，让"春雨"也竖一回降旗。几招一出，竟使平民化的"菜花"，堂堂正正地自成了一"谱"。

以常品抒悲情，金定强的《咏丝瓜花》可算一例：

> 丝瓜花胜菊花黄，堪赏堪餐压众芳。
> 三十年前当此日，乡亲争采塞饥肠。

首句着一"胜"字，旨在赞美丝瓜花，却又勾起对"三十年前"那一段辛酸历史的回忆，个中滋味，实难言表。宋马清痴咏"蚕豆"诗云："蚕忙时节豆离离，烂煮堪填老肚皮。却笑牡丹如许大，可能结实济人饥？"今读此诗，殆如姊妹篇也。

曹长河的《浣溪沙·芦花》，所抒的则是一种豪情：

> 野水荒洲暮色深，西风起处近商音。斜阳隐隐对遥岑。
> 宿雁栖鸥非俗态，叶黄头白见秋心。折它一束养胸襟。

"宿雁栖鸥非俗态,叶黄头白见秋心",处于"野水荒洲"之中的芦花,到了词人笔下,已经完全人格化了。崇之仰之,故有"折它一束养胸襟"的冲动。然而天下胸襟,磊落者少,自家而外,只恐没几个可以养得。

花有花格,人有人格,孟依依的《高阳台·法源寺丁香》,将自身融入花中,于淡淡幽怀中表现出了一种高华气质:

凉鬟吹青,单衣试紫,一年春到空门。悄立听经,维摩花雨缤纷。因缘自结繁华外,背条风、不领春恩。谢东邻、蝶使蜂媒,蜜语殷勤。　　若教净业真修得,问今生芳树,来世何人?却恐关情,清狂再付沉沦。淡眉细眼深深记,认腮边、一点啼痕。怕红尘、重遇他时,不复花身。

人耶?花耶?妙在是与不是之间也!法源寺有此一株,不枉为寺;丁香花得此一喻,不枉为花。佛门清净地,宜有此清净花、清净人。

与上述词中的小女子情怀不同,谢长虹的《水调歌头·石榴树》,所表现的是一种女汉子气概:

久病人情冷,除药复何求。若非前世盟定,何必苦淹留。不过无遮天地,老树一轮而已,风雨任飕飕。瘢结寒潮后,吐蕊血般稠。　　叶金玉,枝黑丑,恁难讴。光阴粒粒,皮裂滋味上心头。休问江湖子弟,若有栖身仙府,可使共云鸥。丹火焚山鬼,骨相立清秋。

描摹石榴形象，倾吐一己衷肠，借物兴怀，凄婉之中别见几分超迈。两结力道千钧，撼人心魄，阳刚之气，非独男儿有也。作者是一位女警官，职业养成，宜吐此语。榴花得此一篇，定当怒放。

王聪的《海棠》，属于另一类抒怀诗：

鸣鹤楼空雨又斜，落梅风散到谁家？
林间忽有胭脂湿，道是春来第二花。

末二句最为传神，"胭脂湿"三字虽借自前人，然冠以"林间忽有"便掩尽形迹。"第二花"妙，似不曾被人道出过。占得"第二"之名，大是有幸，前有"第一"挡灾，自不必担心成为众矢之的。此意海棠得之矣。

苏些雯写《八声甘州·水浮莲》的时候，虽已人过中年，但少年时的乐观天性，并未随岁月稍减：

借东风相送渡长川，摇荡碧帆船。剪春光半缕，云霞几片，浪迹天边。二十四桥明月，一十二回圆。短笛知何处？如雾如烟。

凝望青山不老，把少年心事，一一重燃。记西湖昨夜，曾伴落花眠。莫回头、回头千里，有声声、啼鸟唤流连。谁知我，梦寻江海，岁岁年年。

"剪春光半缕,云霞几片,浪迹天边",随遇而安,自得其乐,洒脱情怀跃然纸上;"二十四桥明月,一十二回圆",则暗扣着"盈虚者如彼,而卒莫消长也"意脉,将苏家老祖宗的技法,发挥得淋漓尽致。下阕重燃"少年心事",一怀淡淡的幽思之外,夹带着几许天真;虽有"莫回头、回头千里,有声声、啼鸟唤流连"之叹,然与生俱来的超然心性,终不能尽掩。"岁岁年年""梦寻江海",是不必谁知,也不用人促的。一个乐观向上、百折不挠的词坛"大姐大"的形象,至此已然自行立起。

三

前面所说,都是有名之花。黎凤兮的一首《无名花》,可谓花中别格:

> 但愿芬芳魂魄在,不求尘世姓名留。
>
> 春来亮艳清风浦,秋老争香白露洲。
>
> 估价敢劳名士笔?知卑羞上美人头。
>
> 纵遭霜雪飘零尽,落拓荒原觅自由。

借物喻人,殊深寄托。通篇见高格,有自信,有自知,更有自律。名曰赞花,又何尝不是夫子自道?诗中关键点,在结尾的"自由"二字上。有自由,无名何妨?无自由,有名何益?"不自由,毋宁死!"先贤气节,有以见之。

真花可以寄情,假花如何? 阿怀东的《咏绸缎花》回答了这个问题:

两束绸花四季新,高楼伴我度昏晨。

纵雁秋肃难凋蕊,倘播清香更诱人。

绚彩缤纷梁苑景,殊姿绰约洛川神。

但能怡目休嫌假,世上原多假乱真。

明知是假而甘受其欺,非自愚,乃自娱也。世间有"真假",亦有"假真","真假"明示在前,于人无欺;"假真"处处掩饰,于人有害。摒弃"假真",接受"真假",非智者莫能如是。"世上原多假乱真",煞尾一笔,其意义超出题外远矣!

何永沂的堆絮体《苏幕遮·新春遣怀》,虽非专门为某一种花而写,但词中梅骨桃魂,"杂花生树",有无限感慨供人品味:

月魂清,梅骨矫。起舞鸡鸣,起舞鸡鸣晓。舟系五湖烟渺渺,依旧桃花,依旧桃花笑。 报新春,啼小鸟。回首红尘,回首红尘老。似海苍天长独啸,事到难言,事到难言了。

作"堆絮"不难,难在堆一字见一番意,如海上波澜,前翻后滚,往复回环,连绵不断也。不然,"堆絮"便成"堆砌",有何意味? 此作伸缩自如,吞吐有致,佳制也。上以"月魂""梅骨"领起,气格便高,歇拍裁取崔护诗,略去"春风",春风自见。下两叠尤佳,"回首红尘"添一"老"字,不尽人世沧桑之感;"事到难言,事到难言了",欲说还休,一波三折,着一"了"字,当真连"天凉好个秋"之类也不屑说了,寄慨之深,宜稼轩引为同道。

张智深有一首《以望远镜观湖中荷》的小诗,视角独特,读来别有意味:

> 绿水眉前漾,红芳眼底开。
>
> 纵堪移影近,无计曳香来。

首二句描摹,尚属一般铺垫。末二句不愧神来之笔,"纵堪移影近,无计曳香来",不只是扣住了题目中"以望远镜观荷"的特征,更重要的是暗寓了诗人的惜芳情绪。短章有厚味,浅语见深情,斯为一例。

四

真花假花都说过了,已经开过的花有的说吗? 有,周燕婷的《小瀛洲海棠已谢》,所寓情怀,当不逊于盛开之蕊:

> 陌上寻芳叹已迟,海棠空剩梦边枝。
>
> 好花留作明年看,不负心头一点痴。

特地寻芳,而繁花已谢,本是煞风景的事,诗人偏能随遇而安,别生出一段"好花留作明年看"的美好预期来,可见其"心头"的那"一点痴",是何等的执着,又是何等的感人。全诗辞近旨远,语约意丰,柔婉中别具筋骨。

开过了的花可以追说,未见着的花也可以预说。魏新河一首《戊子春日将有未央万亩桃花园之游预作》,为我们留下了成功之例:

> 忽觉春温感岁更,还凭惯例拟游程。
> 车从北郭万花入,人与东风一路行。
> 云去无心仍本色,山来有意弄新青。
> 桃花人面俱都在,只是南庄不可经。

"游程"依"惯例"而拟,想象"车从北郭万花入,人与东风一路行"的快意,风流倜傥,具足英仪。"桃花人面俱都在,只是南庄不可经",结语一丝惆怅淡着于纸面,曲水生波,涟漪不尽。

不问开过还是未开,霍松林先生于《阳台种花》,亦足以宣示胸臆:

> 迷茫暗夜鬼喧哗,盼到天明鬓已华。
> 怕雾愁阴无好计,檐前遍种太阳花。

诗当作于"文革"结束后不久,从"迷茫暗夜鬼喧哗,盼到天明鬓已华"可以测知。结二句以幽默语出之,最得风人之旨。种得太阳花，光明自在，鬼物辈何足道哉！无计之计，胜他万计。"太阳花"相对于"暗夜"而言，无须确指。

作为一个特定时期的记录，刘知白先生的《苦楝当窗朝夕相摩饶有感触因以咏之》，有着诗史般意义：

入夏花如雪，先秋叶便飞。

金铃冬满树，不惹蝶蜂围。

苦楝一名"金铃子"，寻常物也。然是入夏开花，先秋落叶，临冬挂果，个性何其独特！"不惹蝶蜂围"者，正不趋时俗之个性使然也，寻常物大见不寻常处。诗人咏苦楝，何尝不是自咏？彼时公籍列右班，大受时人白眼，故借此以明素志。个中滋味，不难体察。

熊绪文先生的《含羞草》，则可称警世通言：

盈盈笑靥一惊收，引得游人把步留。

到底是羞还是恼，此中真味耐寻求。

以拟人手法状物，寄托遥深。"羞""恼"二字最具深意：草犹人也，礼遇之则含羞，轻薄之便着恼。是羞是恼，全在对方态度。为人处世，当以友善为先，爱人者人恒爱之，恶人者人恒恶之，此理万古不易。

结语

诗者,文学之精也,难从笔上得来,应自心中流出。心中无激情,不可强作。勉强落笔,恐其画虎不成反类犬耳。纵有千言,何足言价?

乙未新秋明非熊东遨草于求不是斋北窗

只有回归真实　才能重焕生机
——诗词创作及常见病救治例说

唐代诗人白居易说："凡今秉笔之徒，率尔而言者有矣，斐然成章者有矣。故歌咏、诗赋、碑碣、赞咏之制，往往有虚美者矣，有愧辞者矣。若行于时，则诬善恶而惑当代；若传于后，则混真伪而疑将来。"(《四部丛刊》影宋本《白氏长庆集》卷四十八)此话至今仍具警示意义。

外在的真实面目，内在的真实感情，是构成诗词的基本元素。只有回归真实，才能延续生命。本文将从"真实"这个基点出发，从不同的侧面探索当代诗词如何继承传统、融汇时代、续发正声的问题。

一、生活中处处有诗

生活是诗的源泉，诗人，只要热爱生活，就能随时随地发掘诗

材,写出属于自己的诗来。生活中处处有诗,生活中的诗人人可写。过去是这样,现在也是这样,将来还会是这样。先抛一块砖:

江神子·向晚芙蓉楼独坐时值壬辰大端午

熊东遨

旧愁都着玉壶收。甚来由,又登楼?醉里推窗,俯看大江流。要与龙标争一席,千载下,有人不? 平生事业剩清游。远寻牛,近呼鸥。水洞云窝,那复计春秋。诗梦恰宜今夜续,杯在手,月当头。

1.诗不必担心古人作尽

"诗不必担心古人作尽,正饭不必担心古人吃尽类耳。'人事有代谢,往来成古今',历代都有不同诗料,不同语言,此社会发展之必然也。李太白才纵高,焉能写出宇宙寻幽,月宫探秘?静坐忧诗,杞人属也。果真如此,则大家都不必活了。"

这是我在《求不是斋诗话》中说过的一段话,此话只想辩明一个事实,并不针对任何人。远在唐朝的谪仙人李太白写不出"宇宙寻幽、月宫探秘"来。担心前人把诗作尽,完全没有必要。李太白无法梦见的,当代就有人写出来了。

水龙吟·黄昏飞越十八陵

魏新河

白云高处生涯,人间万象一低首。翻身北去,日轮居左,月轮居右。一线横陈,对开天地,双襟无钮。便消磨万古,今朝任我,乱星里,悠然走。　　放眼世间无物,小尘寰、地衣微皱。就中唯见,百川如网,乱山如豆。千古难移,一青未了,入吾双袖。正苍茫万丈,秦时落照,下昭陵后。

此作一空前人依傍,形式古,内容新,格调高,气象大。全词写高空飞行中所见,真正的前无古人。"一线横陈""双襟无钮""地衣微皱""百川如网""乱山如豆"等语,气韵生动,形象可感,直可与张宗子"长堤一痕""湖心亭一点""舟中人两三粒"媲美。作者成此佳篇,固赖其高才,亦赖其飞行生活实践。是可谓得"天"独厚,常人难与相争者。

我也有过一首类似的作品:

中秋后一日自黔返粤夜空机上作

熊东遨

直出浮云上,依稀近桂庭。

待将秋水意,说与素娥听。

织锦张天幕,牵牛入画屏。

深宵穿广宇,我亦小行星。

新河是驾驶战斗机,我是搭乘民航机。虽不够"乱星里,悠然走"的气派,但凭着这颗"深宵穿广宇"的"小行星",也足可令谪仙人在唐朝那边望洋兴叹一回。

2.真实是诗词创作的生命

真实是诗词创作的生命。从生活中觅诗,有这样两条基本原则:场景可以虚拟,事实不能虚构;情绪可以夸张,情感不能假设。"舍弟江南殁,家兄塞北亡"之类的编造,只会徒遗笑柄;同样,"纵做鬼,也幸福"式的卖弄风情,也会令人生厌。

案例一:

秋兴(原作)

清凉十月中,虚与早春同。

柳老生寒意,雁鸣恋故蓬。

抬头见新月,抚瑟对疏桐。

君唱东流水,吾歌夕照红。

此诗有毛病,也有些味道。"十月中"按说已经不是秋了,作者用的或是新历;作旧体用新历,如同着汉服穿皮鞋,不伦不类。改作"凉生九月中,不与早春同",道破题目,方为正招。第三句"寒"字与首句"凉"字意近,词费;第四句犯"孤平",俱应调整。第五句"新月"与"月中"自相矛盾,取景失真了。"新月"者,初月之谓也,作"霜月"始宜。结尾意不足,稍作补充,可以收束。改过以后再来读,秋中之"兴"就会不一样:

秋兴（改作）

凉生九月中，不与早春同。

柳失娇柔态，鸿鸣凛冽风。

抬头见霜月，抚掌对疏桐。

谁道枫林醉？西山一抹红。

案例二：

白头翁自嘲图（原作）

一根两根三四根，无赖儿孙数发真。

原上春风吹不尽，西山盗寇莫相侵。

　　想法虽佳，但表达不到位，缺少自嘲诗应有的谐趣；场景也有失真之嫌。"儿孙"宜作"孙儿"，前者是两辈人，后者专指孙辈。小孙子数白发，才见"天真"，儿子在一边看看就好了，不必亲自动手；事实上也不可能出现两代人同时上前为老翁数白发的情况。末句借老杜，不伦不类。这首诗，话题可以不变，内容则须医治。原作留下十二个字，其余另行补充，重新组合后，作者的本意未改，味道却不可同日而语了。

白头翁自嘲图（改作）

白发非关三两根，孙儿细数太天真。

今朝拔去明朝长，不用春风吹到门。

案例三：

山村(原作)

烟花三月植桑麻，近岸山村四五家。

田舍夕阳烟袅起，柴门犬吠守篱笆。

篇中现成词语太多，难见特色，如"烟花三月""柴门犬吠"之类。次句"近岸"无据，即便不究，亦与上句气不接，是为凑字。"犬吠"须有因，倘无"风雪夜归人"，安有"柴门闻犬吠"？"夕阳烟袅"，犬儿是不会理睬的。作如下改，不唯回归了真实，而且横生了趣味：

山村(改作)

春风输绿到桑麻，掩映山村四五家。

未识何方佳客至，数声犬吠出篱笆。

二、人人都有作诗的资格

写诗不是谁的专利。诗人不分地位，不分年龄性别。无论贵族草民、青丝白首，一旦被称作"诗人"，就只有创作水平的高低，没有身份地位的贵贱和年龄性别的差异。然而写诗容易，写好诗却很难，须做足工夫才有可能出精品。

1.诗从传统中来，多读、读懂而后始有

诗从传统中来，才是正途。怎么来？很简单，就是对老祖宗留下来的东西，要多读、读懂。读得懂前人的诗，才能提高自己的诗。试举两例请大家看看。

宫词二首（其一）

唐·张祜

故国三千里，深宫二十年。

一声《何满子》，双泪落君前。

这首诗字面很通俗，似乎一眼就能看明白。我要问的是：诗中的"深宫二十年"，能否改作"三十年"或者"四十年"呢？如果不能，理由何在？

数字也有个性，不能任意变着用；譬如"深宫二十年"。题曰"宫词"，顾名思义，是写宫女的诗。古代秀女入宫，年龄大致在十六至十八岁之间。深宫二十年，三十七八岁，对于女性来说，这是一个尴尬的年龄段。青春期已过，更年期未来，生理机能犹盛，然而人老珠黄，且不说皇帝不可能再留意，即便放出宫去，也难以找到幸福的机会了，何况这种囚禁生活，还远远看不到尽头。只有在如此绝望的情况下，才会有"一声《何满子》，双泪落君前"的情绪失控。《何满子》曲调悲绝，老宫人闻其声而泪落，触到了痛处！这种情绪，入宫十年的时候不会如此强烈；因为二十多岁的女性，

毕竟还有优势在,仍具竞争力。"深宫三十年"也不成,接近半百的人,天癸已尽或将尽。要一位临近或过了更年期的女性,再撕肝裂肺般地"双泪落君前",不说"一声《何满子》",便是十声百声也难以起作用了。深宫四十年、五十年会怎么样?

由此我们可以得出结论:改变了二十年,就失去了真实。

三衢道中

宋·曾幾

梅子黄时日日晴,小溪泛尽却山行。

绿阴不减来时路,添得黄鹂四五声。

此诗前三句用不着做更多解释,无非是在说天气如何如何好,游兴如何如何高,风光如何如何美。关键是对"添得黄鹂四五声"这个结尾,要怎么理解才到位。

仅仅把它看成一幅"鸟鸣山更幽"的画图,显然是不够的;我敢肯定,它的重点,在于向人们透露大自然的一派生机。至于怎么透露的,这就需要动动脑子。

过去有人在欣赏这句诗时,不是觉得归途中黄鹂添声不可索解,便是牵强附会,说什么"黄鹂也解人意,故多鸣以迓归客"。上海辞书出版社出版的《宋诗鉴赏辞典》,对此也是含糊其词,只说:"这'不减'与'添得'的对照,既暗示了往返期间季节的推移变化,也细微地表达出旅人归途中的喜悦。"

诗人设置的那个"添"字,已经为解答这一疑难提供了线索。

只要联系全诗的时令、气候、绿荫以及往返的时间差等条件认真想一想，就会恍然大悟：啊，原来是又一窝小黄鹂出世了！新"添得"的这"四五声"吱呀吱呀，不正是小鸟争食的声音吗？大自然的蓬勃生机，就是从这些刚出壳的小鸟嘴里透露出来的。

2.学会"洗牌""站队"

作诗，说复杂很复杂，说简单也很简单。说复杂，是因为它有太多的讲究，什么"比兴""神思""妙悟""性灵""神韵""境界"……万类千门，玄之又玄，妙之又妙，全面掌握它们须下很大的功夫。说简单，是因为中国诗都由汉字组成，屈陶李杜苏辛用过的，我们可以照用不误。关键是必须学会"洗牌""站队"。这里所说的"洗牌"，不是玩扑克搓麻将，"站队"，不是充仪仗做晨操，而是指诗词创作过程中对汉字的挑选以及对排列组合等综合手段的运用。常用汉字只有几千个，古往今来的所有好诗，都是从这些汉字中"洗"出来、"站"成的。"洗"是募丁，"站"是结阵，相对于前者，后者尤为关键。因为字挑出来了，如果队站得不好，照样难以成诗或难以成好诗。同样的十个字站成一排，"怜新雨后竹，爱夕阳时山"不是诗；颠倒一下字序，变成"竹怜新雨后，山爱夕阳时"就是好诗。"我亦添薪火，班门学众贤"不是诗，搬一下家，变成"我亦班门弄，添薪助众贤"就有几分诗的面目了。只要能将所选汉字排列组合好，使每个字都处于最佳位置，诗就不会差到哪里去。下面来做一些实验。

实验一：减肥输血

春望

二月暖阳斜倚枝，长天远望几相思。

青匀山麓松摇画，黄驻柳绦风纵诗。

半岭浮云一岭梦，一江清水半江痴。

春光迷眼谁人看，兰棹空回雁可知？

　　这首七律，是一位网络写手作的。乍看有几分模样，细读则似是而非。这些半通不通的句子，说它是诗，只怕你也不肯。不过，只要我们不把它当作诗看，而是当成一堆文字看，按顺序从中挑出"二月暖、远、思、青匀、画、黄、风、云、梦、江、半、春、谁、回、知"十八个适用的字，重新排列组合一下，另行补个"动作"，一首标准五绝就出来了。这种从原作中先挑出大头，再行小补的重组方法，可以称之为"减肥输血"法。减了肥不一定就成"美女"，但至少会比原先好看：

　　　　二月风回暖，江云动远思。

　　　　青黄匀作画，春半梦谁知？

实验二：变性瘦身

临江仙·梦里仙音

　　浅饮三更斟露冷，风摇半榻竹凉。疏菊有泪探芸窗。霜凝孤影淡，唯有握笺香。　　欲上九天长进酒，蟾宫焦尾幽扬。嫦娥飞袖桂花香。关山千里月,怜我照前堂。

　　此作同样出自网络写手。你看他"笺香"而后又"桂花香",一韵两叶,"香"过了头都没有发觉,可见其粗心大意到了何等地步。虽不成词,但仍可依照前例,从中挑选出"饮三更、露冷、风摇半榻、凉、有泪、芸窗、影、香、上、飞、桂花"二十个字来,重新打扮打扮,便可瘦身成一首五绝。只是变词为诗,类于变性,所以题目要换。《秋夜》就很好。

　　露饮三更冷,风摇半榻凉。桂花香有泪,飞影上芸窗。

实验三:手术美容

临江仙·游武夷山

　　晓雨乍飞峦隐色,翠青摇落苍杉,忽闻初霁小桥边。天游之字起,逶迤入云端。　　眺尽空蒙犹透碧,大王玉女流连,神游九曲竟思还。飞溪盘黛岫,一折一层天。

　　这首词和上篇是同一作者。篇中虽仍有不尽人意处,如诗味多于词味,行文略显拖沓等,但整体较前首为佳。尤其是"飞溪盘黛岫,一折一层天"一结,意象飞动,语感大佳。得此一结支撑,前面该精简的精简,该充实的充实,该合并的合并,通过美容手术,可变出一首蛮有味道的五律。

晓雨添峦色,青摇碧落间。

路延之字顶,人立小桥边。

登眺空蒙透,情怀玉女牵。

飞溪盘黛岫,一折一层天。

实验四:浴火重生

春耕

新雨已停郊外好,雄鸡阵阵太阳升。

井桃微笑薄烟绕,河柳轻拂黄鸟鸣。

老汉扶犁知水冷,黄牛有力奋蹄轻。

铁铧掀我心田梦,当晚敲诗到五更。

罗列了不少物事,却未找到诗的感觉。只末二句有些意思,冲着这点意思,可从前六句中拈出老汉、黄牛、犁和雨,另行剪接拼装,翻造出一首颇为别致的绝句来。我在《求不是斋诗话》曾经说过:"即事、咏物,宜取其一点而深掘之,切忌贪大求全,面面俱到。求全则易失之薄,一两石灰,焉能白楼房一栋? 与其淡饮百杯,不若浓尝一盏。"浴火之后,八句诗虽然只剩下一半,但通盘活了。

父老吆牛破垄青,一犁残雨带残星。

非农我亦知春计,自把诗田仔细耕。

三、好诗的基本要求及其实现途径

把诗写好是诗人的共同追求,如何把诗写好是诗人的共同困扰。虽说诗无定法,亦无定评,但有一些基本的要求和路数,有必要明了并掌握。

1.写出个性

应酬诗非不能作,作宜认真也。应酬不是应付,总要有些个性方好。以赠答为例,若一首诗如通用礼品,可以赠张三,亦可以赠李四,则此种诗大可不必劳神去作。必得赠老者以杖,赠少妇以裙,赠童子以饼,方可为之。

这是拙著《求不是斋诗话》中的又一段,虽然是针对应酬诗说的,但对其他类型的诗也同样适用。诗的个性分为主观和客观两个方面:主观个性一般是指诗人作品的风格;客观个性则是指诗人所写对象的特点。这里强调的是后一种,即要求诗人写此是此,写彼是彼,揭示出所写对象最本质或最具代表性的特征来。比如写开国元勋朱德、贺龙、彭德怀,如果只是"戎马倥偬""身经百战""指挥若定"式的概写,则读者无法判断你说的是谁;倘若亮出"一条扁担""两把菜刀""一纸万言书",所写为谁就不用问了。山水诗也一样,写出了个性,就能让读者一眼认出来:"黄鹤之飞尚不得过,猿猱欲度愁攀援",蜀道;"水是眼波横,山是眉峰聚",江南;"水似青萝带,山如碧玉簪",桂林。诗从传统中来,老祖宗的手段,够我们学的。

现在请大家审读两首诗,看看其中有何个性特征:

访邓边无人村

熊东遨

颓垣无语自生哀,往昔繁华没草莱。

檐角蛛肥犹织网,树头花瘦不成胎。

古今去国情俱急,多少还乡梦未谐。

红字半墙书万岁,疑团留付后人猜。

即使不看题目,我们至少也能从诗中得到这样一些信息:废弃已久的荒村;荒村的原主人已然去国;若隐若现的主人去国原因;荒村曾经有过繁华、热闹甚至疯狂;诗非古人所写。

诗中透露出的信息就是个性;其个性最本质的地方是真实记录了历史。

酉水舟中拾趣

熊东遨

一注星河水,分流到鄂西。

人言青嶂外,时有野猿啼。

薄霭来风窟,凉波转石梯。

谁家小儿女,摆手踏花泥。

起首点题,"星河水"喻其清澈;三、四句传闻,虚写;五、六句眼见,实描;结尾推出土家摆手舞这一特写镜头,将风光锁定。美景宜人,不可移置他处。

下面说几个修改案例:

水仙(原作)

冰雪难羁袅袅身,凌波漫舞下凡尘。

花同梨蕊晶莹色,神似幽兰淡雅魂。

不待故园三径绿,先添新舍几枝春。

莫言倩影匆匆过,一缕清香一片心。

个性大致有,但不彰。其他小问题难免。次句"下凡尘",大鼓书似的,太俗,作"绝清尘"便好。中二联,按一般标准不改也行,但真要成诗,标准低了不行,故亦例加润色。如原句的"花"与"蕊"、"神"与"魂",意思都相犯,不能轻易放过。结尾常套,"心"韵又出(我主张诗宽到词韵,新韵尚在实验中,初学者不宜),改用一个洛神故事,既暗扣"凌波",又添些寓意,应是不错的选择。"陈王",陈思王曹植,援前人例略用。请对比一下,改后的"水仙",形象是不是更鲜明了?

水仙(改作)

冰雪难羁袅袅身,凌波漫舞绝清尘。

韵留梅萼霜前色,影动幽兰月下魂。

野径未知何日绿,陶盆先得几枝春。

洛滨谁复陈王似? 莫把痴心错许人。

新安江即景(原作)

一江烟水明如画,沿岸桃源隐万家。

原野新晴飞白鹭,村边篱落看黄花。

写的全是大路风光,毫无个性可言。题目之外,看不到一丝"新安江"的影子。"烟水""万家""白鹭""黄花"等一应物事,皆水乡普遍风光。湘江、珠江、楠溪江,何处不见?单认作"新安江",一般人没这"眼力"。其他问题也不少,如末句的"篱落看黄花",尽管作者特意注明了"黄花,指油菜花",但不管怎么注,读来都是菊花的感觉。此外,首句用"不入韵"式,却选了个同韵部的仄声字收尾,造成"画""家""花"三尾平仄通叶。别看毛病多,此诗要救,却也不难。首先是给题目松绑,变"新安江即景"为"江村即景",其次是为菜花造个"黄金翠玉镶成片"的像,最后是调整某些字词位置并添加少许润滑剂。三招一出,毛病立除。

新安江即景(改作)

江水明空夕照斜,桃源境里隐人家。

黄金翠玉镶成片,白鹭飞来看菜花。

2.融入感情

作诗本乎情景,孤不自成,两不相背……夫情景有异同,模写有难易,诗有二要,莫切于斯者。观则同于外,感则异于内,当自用其力,使内外如一,出入此心而无间也。景乃诗之媒,情乃诗之胚,合而为诗,以数言而统万形,元气浑成,其浩无涯矣。(明·谢榛《四溟诗话》卷三)

情是诗的血液,无情之诗,类于失血躯壳。天地自然,岁时节候,风物人文,交游纪事等,一经入诗,便须偕着情走;有情则诗生,无情则诗死。情,从某种意义上说,就是思想。先看几个例子:

磨石桥早春

马少侨

平畴十里菜花香,匝地云飞一抹黄。

小雨万针秧出水,晚风双剪燕归梁。

日边曾记栽红杏,客里如今又绿杨。

箬笠芒鞋亲检点,一年农事正春忙。

此作出自一位已经过世的老前辈之手,妙笔生花,状乡村早春景色如画。"小雨""晚风"二句,观察入微,意象飞动,有无限生机奔涌。颈联上忆以往,下写目前,略含身世之叹。结语以繁忙农事扣题收束,字里行间,颇见躬耕之乐。时先生方罹"左"祸,籍列右班务农,即所谓"劳动改造"。身处逆境而其心不馁,诚乃宠辱无惊者。此诗动人处,固在美景勾描,更在心声吐露。随遇而安,处变不惊,这种淡定情怀,不是每个人都有的。

高阳台·过都城南庄

周燕婷

曲径苔侵,闲池萍倦,凭谁认取名园。记得桃花,曾经一段因缘。如尘往事都消散,甚零愁、又到吟边?更何堪、柳影依依,鸟语关关。 流光不带相思去,剩斜阳古巷,细草平川。莫闭重门,天涯恐误归船。蓬山或有重逢日,到而今、应悔当年。对桃蹊、梦也无由,泪也无端。

"都城南庄"在西安市南郊,如今已经荒废。你可以不知道这个地方,但不可以不知道这里曾经发生过的故事。"去年今日此门中,人面桃花相映红。人面不知何处去,桃花依旧笑春风。"说出这首诗,相信大家都会神往。这首《高阳台》,就是作者探访废园时回想起崔护的《题都城南庄》有感而写的,已收入岳麓书社出版的《仙侣同舟集》(熊东遨主编)。我有点评,不妨复述一下:

一路闲行漫拾,风物渐描渐淡,情怀愈转愈深。意有多层,笔有多转:于苔侵、萍倦中"认取名园",荒芜久也,是一层;由"桃花"引出崔护故事,因缘深也,又是一层;而"往事都消"之后,"零愁"偏偏"又到吟边","柳影依依""鸟语关关"都成映照,则是层层叠加矣!过片后以"流光不带相思去"一句领起,复引发万千感慨。"莫闭重门,天涯恐误归船""蓬山或有重逢日"诸语,朦胧中似有希冀在焉。然则"梦也无由""泪也无端",古人之事,毕竟今人管他不着。悱恻缠绵,一波三折,令人不胜唏嘘。

情,并非像"我爱你"那么简单;真情,是从心里流出来的,不是从嘴里吹出来的。下面为大家解析一首时代赞歌:

临江仙·新居——纪念邓小平诞辰100周年(原作)

旖旎风光酣梦醒,悠扬鸽哨欢鸣。远天一片早霞迎。高楼林立处,万户享升平。　　老伴喃喃言欲哽,终得几净窗明。南巡名画挂前厅。拳拳春草意,煦煦艳阳情。

只有字数没问题,其余与词距离不小。起首句尾"醒"字有两读,仄读同声部通叶,平读赘一韵,不宜用;又"旖旎风光"与"梦"搭配也不好,太甜腻了,故全句都改。次句保留,第三句稍动,略存本来面目。歇拍二句大而空,浮泛无味,作"千窗分一格,自在享升平",岂不有情趣得多?所谓"享升平",与其揣摩他人,不如自家体验。请大家记住:写诗填词,不要老想着代表他人说话,人家并没有太多让你来代表的需求。下片语言更不像词,唯意思略有可取。"老伴"莫出场太早,"言欲哽"尤无必要。"几净窗明"句太现成,且意脉与前面不衔接,"得"字又出律,应删。把上片裁下的"旖旎"和"醒"移用此处,倒是再合适不过,"占得余年春旖旎,风光宜醉宜醒",多好的岁晚情怀!"老妻知我此时情",这时候请出夫人恰到好处。

临江仙·新居——纪念邓小平诞辰100周年（改作）

好梦觉来天欲曙，悠扬鸽哨欢鸣。碧空无际早霞迎。千窗分一格，自在享升平。　　占得余年春旖旎，风光宜醉宜醒。老妻知我此时情。南巡名画卷，亲手挂前厅。

3.留出空间

写诗不宜自家把话说尽，而应将想象的空间留给读者。诗有想象空间，才有余味可寻。"状难写之景如在目前，含不尽之意见于言外。"梅圣俞所界定的好诗标准，就有这一条在内。请看他的实践。

鲁山山行

宋·梅尧臣

适与野情惬，千山高复低。

好峰随处改，幽径独行迷。

霜落熊升树，林空鹿饮溪。

人家在何许？云外一声鸡。

前六句情景交融，令人陶醉；结尾一问，余味无穷。这是把想象空间留在收篇之后的例子。

唐代诗人贾岛的空间是另一种留法：

寻隐者不遇

唐·贾岛

松下问童子，言师采药去。

只在此山中，云深不知处。

　　诗人写寻访友人过程中的一个小小片段，运用虚实结合的手法，避开了烦琐的细节描述，信手拈来在古松下和童子的一段话，稍加剪辑，便勾勒了一幅有场景、有剧情、有形象的极尽变化的水墨写意图。全诗二十个字，有十四个字被用来写童子的答话。我们正是从童子先是含糊、继而明朗、最后茫然的答话里，听到了诗人一句紧似一句的追问，体会到了他渴望见到隐者的迫切心情。童子的态度，也有一个从礼貌到应付至最后不耐烦的变化过程。双方形象跃然纸上。诗中的"松下"从眼前着笔，交代了事情发生的方位；"云深"借童子说出，强调了不知隐者去向的原因。然而，松曰"下"，足见松之高古；云曰"深"，自明山之远大。一实一虚之间，透露出了隐者居地古木葱茏、云雾缭绕的壮丽风光。

　　古贤的两例，所留想象空间或在篇中或在篇后，妙味无穷。我做过一次将空间预留在开篇之前的实验，请大家批评：

日寇陷南京偕友人避难陪都舟中见杜鹃感而有作

便作团圆梦也奢，共谁挥泪说无家？

河山不解沦亡苦，依旧春前放好花。

看了这个题目，请不要奇怪，这是我假托抗战时期一位前辈的声口写的，类似于为剧中人物代笔。诗的后两句是"以乐景写哀"的常用手法，虽也有些余味，但不难品出来。真正的想象空间，是在开篇之前的空白里。"便作团圞梦也奢"，连做个完整的梦都成了奢望，主人公经历了多少流离颠沛、一夕数惊的日子，落笔之前，已然尽有，何用再费文字？"共谁挥泪说无家"也是如此，按常理，"无家"的痛苦，只有向"有家"者诉说，才有可能得到舒缓；可现在同行的"友人"也已"无家"了，诉无可诉啊！由此不难联想到，当时的中国，在日寇铁蹄蹂躏之下，无家可归者何止千万。留空间于开篇之前，非我首创；稼轩的"更能消、几番风雨，匆匆春又归去"早我几百年。瓜卖过了，下面来做件"嫁衣"。

登山二首（原作）

歇脚心还累，东方逐渐红。

欲观春日出，趁早上高峰。

迎晖前一缕，蕾绽醉香风。

寒冷令人醒，阴晴山万重。

　　前首勉强通得，后首不知所云。原诗可供选用的字、词太少，无法重新组装，只能稍借其韵另起炉灶。题目改作《登山观日》，正文另拟。首二句写"日"在宇宙中按照自身规律运行，人间对其光辉普照的仰慕,先做出铺垫;待结尾"朝霞红一缕,先抹最高峰"一出,寓意顿时升华。太阳本身虽然是公平的,但由于人们所处的客观位置不同,得到的映照绝不会一样。这就是所谓的"诗味"。不能为读者提供想象余地的"诗",是谈不上有什么"味"的。请对比一下:

登山观日(改作)

天上行常例,人间仰至公。

朝霞红一缕,先抹最高峰。

4.立起形象

什么是形象思维?什么是形象?概念书本上都有,用不着我赘述。我只讲如何立起形象的问题。有三点在这里强调一下:其一,人有人的形象,物有物的形象;纸上能呼,人之形象成;闭眼可见,物之形象在。其二,形象是多样的,有象同而意异,有意同而象异。其三,相同的物象,表现于不同的诗人笔下,应有不同的意象。以月为例:"举杯邀明月,对影成三人",月是酒伴;"今夜鄜州月,闺中只独看",月是传情信使;"当时明月在,曾照彩云归",月是见证人。不多往深里说了,先立起几个形象来请诸位过目:

鹧鸪天·春归翌日作

熊东遨

诉尽离怀雨半溪,等闲误了饯春期。纵教梅子能私我,毕竟榴花不似伊。　　随白羽,数红衣,更无一个与心宜。眼波眉影思量遍,恐在天涯独自啼。

这是春归次日,我应朋友之约补写的"饯春"词。春本身不具形象,只存在于某一时间段中;你可以感觉到她的来临与归去,但无法和她说话。怎么饯?抽象的说法肯定出不了味;倘能用拟人手法化虚为实,形象一立,味道自然就会出来。有了"纵教梅子能私我,毕竟榴花不似伊""眼波眉影思量遍,恐在天涯独自啼"这样的描摹刻画,一个婀娜多姿的鲜活身影,不就在你眼前晃动了吗?彼此间的交流,此际也成了可能。

临江仙·辛卯夏夜烦霜约赋《娇娜》

熊东遨

记得空林曾见汝,当时月在瑶阶。一声娇笑影先来。纯情珠乍吐,稚面蕊初开。　　恩信识当生死际,浑然忘却形骸。素襟只与小青偕。所怀元自洁,尽管让人猜。

"娇娜"是《聊斋》中人物,异史氏笔下的鬼精灵。要把这样一个鲜明的形象从原著里拔出来重塑,难度可想而知。上片借回忆破题,先设定一个"月在瑶阶"的静夜环境,营造出萧森的氛围;继而用"一声娇笑影先来"七字,让人物快速登台亮相;最后用"珠乍吐""蕊初开"两比,将其形象锁定。娇娜初见孔生时年龄只有十三四岁,"蕊初开"与此恰符。下片侧重于人物的内心刻画,突出的是一个"洁"字。须说明的是,这个"娇娜",与蒲翁笔下的形象有所不同,在她身上,多少带着些另一位《聊斋》人物"婴宁"的影子。做人要老实,作诗要不老实,完全照搬原文,词不会出味,蒲老先生也不会高兴。

北雁常云寺雨霁观云联句

熊东遨　魏新河

行藏元自主(遨),不必问居停(河)。

抱月生成梦(河),连峰涨作屏(遨)。

水溶声共白(遨),山得影添青(河)。

一霎乘风起(河),长驱入杳溟(遨)。

联手咏物,较独写尤难。此篇除题目外,未着一"云"字。云的形象,都是用虚笔从侧面烘托出来的,所谓"以神写形"是也。

凤仙

李静凤

春来瓣瓣玉玲珑,偏与邻丫小字同。

昨日篱前撷新蕊,背人偷染指尖红。

因花及人,人花两可。"背人偷染指尖红",顽皮与羞涩同工。"邻丫"呼之欲出,与稼轩笔下"卧剥莲蓬"之无赖小儿,恰成上好一对。是谓妙笔传神,若不经意。

下文有三例未立起形象:

案例一：

原桃花岛解散记之（原作）

恶浪催谁万木殇，桃花岛上几悲凉。

应思陶令听风雨，莫向曹公论短长。

此去清风千里路，赊来明月一分塘。

寄我相期知鹭侣，半笺诗里话斜阳。

情趣有余，功夫未到。该造声势处应造声势，该承题省略者应省略。"陶令""曹公"，与此何涉？自家出面，始见情怀。五、六句上失准、下离题，稍加变易，形象自成。结联失粘，修改不难。"鸳鸯侣"一出，靖哥蓉妹，立时便可呼也。

原桃花岛解散记之（改作）

恶浪频催万木殇，可堪孤岛剩悲凉。

此时自顾听风雨，何处相逢话短长。

足踏清风千里路，鬓添明月几分霜。

无诗寄我鸳鸯侣，半幅云笺写夕阳。

案例二：

夏日偶作（原作）

茶香心醉一禅缘，竹影琴声带雨眠。

窗外蝉鸣斋越静，清风开卷卷中仙。

休闲诗要在"逸"字上下功夫，写出一片清凉心地，方是正招。原作鼓足了劲没写出味来，问题就是少了"逸"趣。

夏日偶作（改作）

禅茶一味得心缘，竹静禽喧夏午天。

写罢蕉经诸事了，天风吹叶助清眠。

案例三：

春（原作）

惊雷一响蛰居醒，寒冻初消见绿汀。

桥畔红梅无去意，撩人新柳叶先青。

"春"的意思有，可惜为拖泥带水的字面所掩。削去些枝蔓，装上"痕""浪"两个眼，诗就漂亮了。

春（改作）

一夕惊雷响，寒消见绿汀。

梅痕犹未褪，柳浪已先青。

以上所道，纯属一家之言，如有不当，请予批评。献上近作一首，以为结语：

偕诗社同人小憩雁荡大龙湫

偶同溪石坐清幽，便觉生涯近一流。

凉玉共看千斛泻，翠云分作几团收。

欲凭元始佳山水，守住心形小自由。

何用百年重订约，已留鸿爪在龙湫。

愿大家都能凭着元始的"佳山水"，守住各自心形的"小自由"，做一个无愧于时代的好诗人！

绝句法浅说

——兼谈律诗中的对仗

在中国的古体诗词里面,绝句是最简短的,只有四句,学起来相对容易上手。但是,简短不等于简单,它的结构形式变化极其丰富,人们常说的"起承转合",只是绝句形式的一种。只有了解、掌握了各种变化,才能在创作实践中得心应手,写出好的作品来。

绝句虽然只有四句,但在结构形式上还是比较复杂的,大致可分为以下几种:递进式、并列式、两分式、混合式、回环式、问答式。有些是常用的,有些不常用。下面让我们逐一来进行分析。

一、递进式

递进式的概念:一句一接,层层递进,一气贯通,整首一意。它有三种递法:

(1)直递;

（2）转递；

（3）跳递。

先看"直递"。"直递"的特点是一气贯下，不作转折。我们来看一首非常熟悉的诗，金昌绪的《春怨》：

打起黄莺儿，莫教枝上啼。

啼时惊妾梦，不得到辽西。

这首诗的特点就是一句接一句，直递到底。

第一句"打起黄莺儿"，按照围棋的术语说是步无理手。"黄莺儿"没招你惹你，"打起"它干什么？开篇设个疑问，故意不交代清楚，而是直接递到第二句，逼着你往下看；"莫教枝上啼"，次句一出来，"打起"的因由似乎有所交代，原来是不让它在树上叫。这就有了更大的疑问：黄莺儿的叫声非常清亮、美妙，你不去欣赏反而横加干涉，岂不是大煞风景？

第二个疑问要用第三句来解答，"啼时惊妾梦"，原来是黄莺的叫声把女主人公的梦惊醒了。这还是无理手，还有疑问。因为梦被惊醒也没什么大不了，仍不足以成为"打起"的理由。"不得到辽西"，直到最后一棒递出来，我们才恍然大悟：原来是女主人公的丈夫远在辽西从军，两地分居，见不上面，好不容易做了个梦，梦中的她正要到辽西去和丈夫相会，半道上却被黄莺惊醒了！

最后一棒递出来，顿使前面所有的无理手都成了妙手。这就是直递。一句接一句，一环扣一环，直到最后才把幕揭开。通过一环一环的设置，一步一步的铺开，一张门一张门的打开，层层剥笋，最后真相大白，使我们看清了女主人公真实的内心世界，理解了她心灵深处的无限委屈。这样，之前的"打起黄莺儿""莫教枝上啼""啼时惊妾梦"等种种行为、抱怨，就都自然成章，无理而妙了。试想：一个连做梦与丈夫相会的权利都被剥夺了的年轻女性，还有什么"无理"行为不能被我们理解？

第二种是"转递"。顾名思义，"转递"就是中途转个弯，然后朝前递进。传统的"起承转合式"就属于转递。请看王维的《相思》：

红豆生南国，春来发几枝？
愿君多采撷，此物最相思。

这首诗大家也非常熟悉，用的就是传统起承转合式。

首句"红豆生南国"是以物（红豆）起，次句"春来发几枝"是以物承，告诉你"春来"所发的就是红豆。一句起，一句承，很明显。第三句"愿君多采撷"则是转，笔端的重心由物（红豆）转到了人（君）。而最后一句"此物最相思"又合到物上。"此物"非他，就是红豆。这首诗结构清晰，先以物起，再以物承，中途转到人，然后再次合到物，读起来一气流转，浑然天成。起承转合式是绝句的正格，一般诗人写绝句多会采用它。

还有一种比较奇特的形式叫"跳递"。"跳递"实际上是递进式的一种变体，它打破了起承转合的一般规律，不完全按规矩出牌。让我们来分析一下司空曙的《江村即事》：

> 钓罢归来不系船，江村月落正堪眠。
>
> 纵然一夜风吹去，只在芦花浅水边。

从结构上看，此诗第一句"钓罢归来不系船"之后，第二句没有承接"船"，而是直接就跳到了主题"眠"上；到了转合处也就是三、四句，才连出两笔，总体承起来。先抑后扬，非常具有戏剧性。

这首诗旨在突出一个"眠"字，"江村月落"，其睡何宜，其睡何香！至于罢钓归来有没有收获，诗中没有提，也没必要提。天大的事也大不过老子睡觉，就是这个意思。好诗不是包罗万象的，它的重点是写人的自由潇洒；所以罢钓归来之后有没有收获不重要，重要的是安生睡觉。如果有人问，夜来风大，把船吹走怎么办？不要紧，"纵然一夜风吹去，只在芦花浅水边"嘛。这一回答，将主人公洒脱的形象，描摹得淋漓尽致。

最后两句还含有非常深刻的象征意义，可以引申出信心和信念来。比如一对坚贞相爱的人，偶尔吵了嘴，女的一气出走了，男的不会太担心，"纵然一夜风吹去，只在芦花浅水边"。她跑不远，即便回了娘家，过几天也会回来。当然，这只是个比方，真要有这事，男方还是应该到丈母娘家去接一接，爱情的堤坝，总得不断加固才是。还有我们在农村长大的孩子，小时候都挨过打，有时候大人一打，小孩就跑了，父母不会像现在一样四处去找。为什么？"纵然一夜风吹去，只在芦花浅水边"，吃晚饭的时候肚子一饿自然回来了。有了这些象征义或引申义在里面,此诗就不仅仅是写主人公的洒脱了,后面两句几乎成了哲理名言。

二、并列式

不像递进式的一句一接,并列式是一句一意,每一句都有完整的意思,各句相互独立,形断而气贯,并生出一种情绪。它的形式相当于律诗中间的两联对仗。这一式特别注重"异变"。所谓"异变",就是"立异"与"求变",强调距离美、差异美。"异变"理论是我提出来的,我曾经写过一篇文章,叫《洗牌异变与合并同类项》,就是专门讲诗的异变。先来看一个熟悉的例子,杜甫的《绝句四首》(其三):

两个黄鹂鸣翠柳,一行白鹭上青天。

窗含西岭千秋雪,门泊东吴万里船。

这首诗小学课本里有,人人耳熟能详。可是即便大家都读过了,每一句的意思都懂了,里面的"异变"也不一定都吃得透。所谓"异变",就是看它的变化,亦即句与句之间那些既各自独立又相互关联的内涵与外延。

大家都能看出来,这四句诗是四幅画面;我们要探讨的是:这四幅画面有何"异"处。

第一个"异",是它们的季节不一样:"两个黄鹂鸣翠柳",春光明媚、草长莺飞,是一幅春光图。"一行白鹭上青天"则是秋天的画面,白鹭是候鸟,秋天来了,成群结队往南迁徙;这在广东,我们可能看不出来,但在湖南以北,则是常见现象。"窗含西岭千秋雪",这个是冬天。或许有人会说,杜甫写这首诗的时候不是冬天,他在浣花溪畔的草堂,能够看到远处山峰上的雪终年不化。但这没有关系,因为冰雪是严寒的象征,最有资格代表冬天,所以不管杜甫是不是冬天写的,但从直观直感上,可以认定这是一幅冬天的画。最后一幅"门泊东吴万里船"的画面属于什么季节呢?夏天。为什么?这时候就需要结合其他诗句来考虑了。首先是"门",有门就有人家;其次,门口有柳荫,凉快。船经过柳荫,在住户门口"泊"下来,说明天气很炎热,欲借门口柳荫小憩;抑或船上的人饿了,有停下来向主人请求补给的意思。这句诗最紧要的是一个"泊"字,可以容我们发挥想象;如果换成"门过东吴万里船",那就擦不着夏天的边了。这是第一个"异",季节不同。

第二个"异"是方位不同。"两个黄鹂鸣翠柳",不确定;"一行白鹭上青天",朝南;"窗含西岭千秋雪,门泊东吴万里船",东西相向。

第三个"异"是远近不同。"两个黄鹂鸣翠柳",近;"一行白鹭上青天",远;"窗含西岭千秋雪",更远,俗云"望山跑死马";最后的"门泊东吴万里船"又将镜头拉到眼前。所以从距离上看,这几幅画面是由"近——远——更远——最近"几个镜头组成。

第四个"异"是色彩不同。由距离的异,又连带出色彩浓淡的异。"两个黄鹂鸣翠柳",通过"黄""翠"交织,可见春光明媚,色彩浓艳;"一行白鹭上青天"的"白"和"青",则显示出素雅、淡净;"窗含西岭千秋雪",纯白,可谓一尘不染;"门泊东吴万里船",色彩和季节一样要发挥综合想象:门口有柳荫,有船,有水……可以推断出其色调的斑驳陆离。颜色上的浓淡冷暖变化,与距离上的远近高低恰成对应;由此又能带出画面的清晰与模糊程度来,种种关联,极尽想象,不一而足。

画面视角的不同,可算第五个"异"。"两个黄鹂鸣翠柳",平视;"一行白鹭上青天",仰视;"窗含西岭千秋雪",平视;"门泊东吴万里船",俯视。镜头角度不一样,于微细处也见"异"。

最重要的是第六个"异":动静关系不一样。四幅画里有两幅是动态的,有两幅是静态的。前面春、秋两幅是动态的,"黄鹂鸣翠柳""白鹭上青天";而后面冬、夏两幅是静态的,"窗含""门泊"。这个比较容易明白。我要告诉大家的是,动态与动态之间,静态与静态之间还有更深层次的"异"。哪位能看出来"异"在何处?第一句诗表示动态的词是"鸣",第二句则是"上",对吧?"鸣"是通过听觉来感知的,"上"则要通过视觉来认知。这里大家已经发现不同了。这一发现到位了吗?没有。如果我们只用"视觉"和"听觉"的差异来理解杜甫这两句诗的话,就还没有进入最后一个殿堂。没错,"两个黄鹂鸣翠柳"靠的是耳朵听,"一行白鹭上青天"用的是眼睛看;假使我在诗里换上两样物事,改成"两只乌鸦啼墨柳,一群麻雀上蓝天",依旧满足视觉和听觉的条件,大家看还有没有美感?显然没有了。所以,同是视觉和听觉,我们还要看施事者是什么。"鸣翠柳"的是黄鹂,黄鹂的叫声非常美妙,有音乐感;"上青天"的是白鹭,与鹤类同,会翩翩起舞。因此,我们可以把"黄鹂"句理解为带有音乐的动态;"白鹭"句理解为含有舞蹈的动态;画面中有音乐动感和舞蹈动感之分,这个内涵,乌鸦麻雀不具备。下两句"窗含西岭千秋雪,门泊东吴万里船"同是静态,静态与静态也有不同。千秋雪"含"于窗外,是时间的相对静止;万里船"泊"于门前,是空间的相对缩小。同为静态,因时空交错使用而各有"异"趣。

以上为此诗的主要"异变"所在。如往细里看,还可以找出一些不同来。如画框不同:"窗含"是斗方或横幅;"门泊"是竖幅或团扇(月亮门)。画种不同:第一幅水彩;第二幅国画;第三幅油画;第四幅套色水印木刻。后一类不同,或非老杜本意;但"作者未必然,读者未必不然","异"想一下,对创作自有好处。我们今天写诗,不妨多往"异"处想,要能悟出同中的异,用出同中的异,就会成为高手。要调动五官去感受外界的事物,不能只用一个器官。远近、高低、大小、浅深、虚实、早迟、厚薄、炎凉、浓淡等,是"时空"中客观存在的"异"数,我们的目光与思维,永远不要停留在一时一地一物上。能注意这些变化,写出来的诗就会更丰富。

上面所讲的是并列式例子,每句都是一幅单独的画面,相互之间没有直接的关联,只是相互映衬,在"异变"中形成整体的和谐。前面讲了,并列式相当于律诗中间的两联对仗,其关键是"异变"。掌握这一式,对写好律诗大有帮助。异则深,变则阔。此理似易而实难,说得出,不一定做得到。我们可以从写对子开始来训练自己。下面是我在写作实践当中运用"异变"理论的一些例子,晾出来和大家做个交流。

　　　　长松挂壁云千朵;小艇横波月半环。

　　上联描摹,动中含静,仰视;下联比喻,静中含动,俯视。

　　　　乱飞残影云过塔;浅贮清光月在壶。

　　上联写乱云飞过白塔,夸张,放大,画面呈动态;下联写月亮落入酒壶,也是夸张,但不是放大,而是缩小,画面呈静态。同中有异,用同一手段写两个不同状态。这是写景的例子。言情句一样可以异变:

　　　　世界已成新格局;汉家真有好河山。

　　上联写外部,属空间范畴,是横览,表现出一种紧迫感;下联写内部,用"汉家"二字,含时间上溯之意,有沧桑感。

　　　　寒纵骄人能剩几? 梦多怀旧已逾千。

　　上联是判断,重在信念,是实写;下联也是判断,重在感慨,是虚写。同是判断,有信念和感慨、实写与虚写之分。

何处不闻天德厚;此时真觉国情殊。

上联以空带时,偏虚,"天"没有实指;下联由时入空,偏实,"国情"有实指。

再来看几个景中情的例子:

流经雨助初成势;月着云围自放闲。

上联是动态的,眼前的,激越的,象征一种大气势;下联是静态的,心上的,含蓄的,表现一点小幽怀。

一记沉雷收宿雨;半江红树涨晴晖。

上联动态、声响、激烈;下联静态、色彩、冷静。异变之中,各有其象征意义,可以自己去推想。

垂杨欲雪宜诗日;小豆初花怯梦天。

上联预想:垂杨尚未着雪,恰是"宜诗"天气。虚中实,素雅。下联眼前:小豆已经开花,正当怯梦时期。实中虚,浓艳。

情中景的例子:

湖亭对酒谁为客? 月窟寻诗梦作舟。

"湖亭对酒",是现实,是溯史,是疑问;"月窟寻诗",是虚拟,是游仙,是幻想。

呼酒自圆心上月;插花相笑鬓边春。

"呼酒"落于虚,"心上月"是自得;"插花"落于实,"鬓边春"是自慰。

一种心情人别后,百端奇幻夜分时。

"心上情",捉摸不定,是虚写;"眼前景",变幻迷离,是实描。

情景理结合的例子:

云非有意能生雨;水到无形始入流。

上联是想象,在高处,寓理,属于初级境界。这一点我们很多人能够做到。云变成雨,并非自己有意,但变成雨以后在客观上能滋润大地,就叫作"云非有意能生雨"。下联是观察,在低处,同样寓理,属于高级境界。什么是"无形"?这句话大家应该能够理解,比如水在瓶子里,它是瓶子的形;在缸里,则是缸的形;在壶里,则是壶的形……它自身本来没有形状,放在容器中,被限制出一个形状,只有离开限制,流入江河湖海,才能达到无形,才是真正"入流"。"水到无形始入流",这是个非常高的境界。水在行进途中,如果遇到一座山,被挡住了,它绝对不会首先去冲垮这座山,而是展现包容,绕过去,所以才会出现蜿蜒曲折的江河。水是最伟大的,其对自然生物的乳活之恩无与伦比。

三、两分式

两分式的概念:两句一意,组合成篇。它有三种形式:

(1)以时间的推移构成两分;

(2)以空间位置的变化构成两分;

(3)以时间的推移和空间位置的变化交错构成两分。

第一类:以时间的推移构成两分。如崔护的《题都城南庄》:

去年今日此门中,人面桃花相映红。

人面不知何处去,桃花依旧笑春风。

这首诗是两句一意,按时间推移:前面两句"去年今日此门中,人面桃花相映红",时间是去年,地点是"此门中";后面两句"人面不知何处去,桃花依旧笑春风",时间是今年,地点则不变,还是"此门中"。景物依然,变的只是人。通过前后强烈的对比,失落的情绪也就不言而喻了。所谓"两句一意",就是前面两句是一个完整的意思,后面两句则是另外一个意思,按时间推移,而地点不变。

第二类：以空间位置的变化构成两分。如王维的《九月九日忆山东兄弟》：

> 独在异乡为异客，每逢佳节倍思亲。
>
> 遥知兄弟登高处，遍插茱萸少一人。

前两句是写"我"，地点在异乡；后两句是写兄弟，地点在家乡。写自己的思亲，却从对方的角度着笔，通过对家乡兄弟"遍插茱萸少一人"的推想，加重了异乡为客的"我"的思亲情绪中"倍"的分量。它的时间是不变的，都是九月九日，变的只是空间位置，这和上面的按时间推移有明显的差异。

第三类：以时间的推移和空间位置的变化交错构成两分。例如李商隐《夜雨寄北》：

> 君问归期未有期，巴山夜雨涨秋池。
>
> 何当共剪西窗烛，却话巴山夜雨时。

前两句的人物是"我"，地点在巴山，时间是现在；后两句的人物是"我"与"君"两个人，地点在家乡的西窗，时间则是未来。这首诗以结句倒扣全篇：今夜在巴山听雨的"我"，想念西窗的"君"，设想有一天"我"回到西窗，与你剪烛夜话，细说今夜的"我"对你的思念。时间由现在推移到将来，地点则由巴山推移到西窗。由时间和地点的交错变化构成了两分。

四、混合式

混合式是并列与递进二式的一种组合。它有五种形式,这个比较复杂一点,分别是:

(1)并列带转合递进;

(2)起承带并列递进;

(3)三拖一递进;

(4)一拖三递进;

(5)三夹一递进。

其一:并列带转合递进。相当于律诗的后半段。如李益的《夜上受降城闻笛》:

> 回乐峰前沙似雪,受降城外月如霜。
>
> 不知何处吹芦管,一夜征人尽望乡。

前两句是一句一意,每句都有一个独立的镜头,"回乐峰前沙似雪,受降城外月如霜",结构类似于前面讲过的"两个黄鹂鸣翠柳,一行白鹭上青天",画面却截然不同,令人一望而生苍凉肃杀之感。后两句是转合递进,"不知何处吹芦管,一夜征人尽望乡",由一声"芦管"引动的普遍乡思之情,殊不可抑。曲折地反映了战事的艰难,从军的不易。

其二:起承带并列递进。它相当于律诗的前半段,两个单独

的镜头放在诗的后面。例如秦观的《春日》:

　　　一夕轻雷落万丝,霁光浮瓦碧参差。

　　　有情芍药含春泪,无力蔷薇卧晓枝。

　　前两句起承递进:因为"一夕轻雷落万丝",才造成了"霁光浮瓦碧参差"。后两句并列:"有情芍药含春泪"是一个镜头,"无力蔷薇卧晓枝"是另一个镜头。这两个镜头,又分别是前面起承递进产生的效果。

　　其三:三拖一递进。请看戴复古的《淮村兵后》:

　　　小桃无主自开花,烟草茫茫带晚鸦。

　　　几处败垣围故井,向来一一是人家。

　　前三句各自成镜头:"小桃无主自开花"是一个,"烟草茫茫带晚鸦"又是一个,"几处败垣围故井"还是一个。三个分镜头,由一句"向来一一是人家"串起来,形成了一组支离破碎的"兵后田园图"。无主的小桃、茫茫的烟草、破败的墙垣……那些个地方,从前都是"人家",如今都不是了! 读诗至此,不觉心碎。

　　其四:一拖三递进。例如谢枋得(一说苏轼)的《花影》:

　　　重重叠叠上瑶台,几度呼童扫不开。

　　　刚被太阳收拾去,却教明月送将来。

“重重叠叠上瑶台”一句作总领，带动后面三个并列句。意即：“几度呼童扫不开”的，是“重重叠叠上瑶台”的那个花影；“刚被太阳收拾去”的，也是“重重叠叠上瑶台”的那个花影；“却教明月送将来”的，还是“重重叠叠上瑶台”的那个花影。后面三句，都是围绕“花影”来展开的。这种结构比较少见，谓之“一拖三递进”。

其五：三夹一递进。此式“递进句”夹在中间，既不领头，也不煞尾。例如苏轼的《六月二十七日望湖楼醉书》：

> 黑云翻墨未遮山，白雨跳珠乱入船。
>
> 卷地风来忽吹散，望湖楼下水如天。

我们可以看出，它有三个不同阶段的独立镜头：第一个是“黑云翻墨未遮山”的阶段；第二个是“白雨跳珠乱入船”的阶段；最后一个是“望湖楼下水如天”的阶段。其中只有“卷地风来忽吹散”不是一个阶段，它是用来串联三个不同阶段的穿珠之线。这种三夹一递进的形式，是东坡首创。

五、回环式

回环式又叫“连珠体”，不常见。其特点是结构不依常格，回环重沓。方岳的《梅花十绝》是一个独例：

有梅无雪不精神，有雪无诗俗了人。

日暮诗成天又雪，与梅并作十分春。

此作围绕着"梅""雪""诗"三个字回环重沓，别有意趣。我们谈诗，通常都强调不要重复字，但这里的"重复"叫作"重沓"，属于有意识的回环，不仅合律，而且抢眼，是非常巧妙的"连珠"。这是整首回环，还有半首回环的。例如卢梅坡的《梅花》：

梅雪争春未肯降，诗人搁笔费平章。

梅须逊雪三分白，雪却输梅一段香。

其中，"梅雪争春未肯降，诗人搁笔费平章"是一般的起承，而下面两句，"梅须逊雪三分白，雪却输梅一段香"，是以"梅"和"雪"来构成回环重沓的。这半首回环，同样相当于律诗的对仗，因此，我们将卢梅坡的这首诗看作"混合式"，也未尝不可。

前面我们讲过，并列式可以用作律诗中的对仗；回环式中的对偶，也有这个功能。请看拙作《癸未元宵前二日，友人约赴浙南看山，车中有作》：

喜赴清风约，携春过北江。

不知山态度，先与月商量。

月道亏将满，山应翠覆苍。

明朝逢卫八,杯酒尽吾狂。

首句点明关系:朋友是清风,我是赴约。次句"携春"扣住时令,"北江"扣住出发地。三、四句,因为是应友人之邀去看山,不知道山对我会是什么态度,所以先与月亮商量一下。月亮说"我很快就满了",显然答非所问;月亮不说,对山的态度就只好猜了:山应该是翠色覆盖了苍色吧? 一个是确定的:"月道亏将满";一个是不确定的:"山应翠覆苍"。正是这一实一虚的"亏将满""翠覆苍",暗扣了"元宵前二日赴浙南看山"的关钮。中间四句,全是回环式流水,一气把看山前的全部心理状态写出来了。这种手法,古人的律诗对仗里没有,只在绝句里边有过,如前面说到的"有梅无雪不精神"。结尾借老杜《赠卫八处士》中"人生不相见,动如参与商""主称会面难,一举累十觞"的诗意,照应一下朋友,正好收篇。

这是应酬诗,但不是应付诗。它有极强的个性,限定了只能写"元宵前二日浙南看山"。中秋前二日也会"月道亏将满",但不会出现"山应翠覆苍",那个时候是"山应苍覆翠"了。在"元宵前二日"这个特定时间里,也只有江南的山会有"翠覆苍"的变化,换成东北的山,早着呢。每一个字都有它的独特用处,这就是所谓个性。

六、问答式

严格地说,问答式已经算不得是一种结构模式,而只是一种表述方式,因其在诗中常用,所以附带说一下。具体有:

（1）自问自答；

（2）我问你答；

（3）只问不答；

（4）只答不问。

自问自答,如朱熹的《水口行舟》：

> 昨夜扁舟雨一蓑,满江风浪夜如何？
>
> 今朝试卷孤篷看,依旧青山绿树多。

其中"昨夜扁舟雨一蓑,满江风浪夜如何"是自问。谁来回答？"今朝试卷孤篷看,依旧青山绿树多",是作者自己来回答。这就是自问自答,它没有起承转合。

我问你答,有孟浩然的《问舟子》：

> 向夕问舟子,前程复几多？
>
> 湾头正堪泊,淮里足风波。

起首"向夕问舟子,前程复几多",是作者向舟子发问；接下来"湾头正堪泊,淮里足风波"两句是舟子的回答,意谓"我们最好在附近的湾头里休息一晚,等天明再走,因为前面的'淮里'风浪很大"。

只问不答,可看王维的《杂诗》(其二):

　　　君自故乡来,应知故乡事。
　　　来日绮窗前,寒梅著花未?

"寒梅"到底著没著花,是一个不需要回答的问题。因为诗中问到了家乡的梅花开没开,所要表达的思乡情感已经透露出来了。诗的重点不在梅花,所以不需要回答;如果回答了,反而会冲淡这种浓烈的乡情。这是只问不答的例子,诗非常美,非常有味道。它通过只身在外的诗人甚至留心到窗前梅花开未开的细节,小中见大,表达了游子的故乡情结。

我们再来看一个例子,白居易的《问刘十九》:

　　　绿蚁新醅酒,红泥小火炉。
　　　晚来天欲雪,能饮一杯无?

这也是一首不需要回答的诗,相信答案刘十九一定会用行动做出。古时候邀请客人,不可能像现在这样用手机短信或者电话,而是要将请柬送到客人手里。这首诗,其实就是一张请柬。刘十九收到这首诗,肯定会如约;白居易懂得朋友的心,也不需要他的回答。

只答不问，莫过于贾岛的《寻隐者不遇》：

松下问童子，言师采药去。

只在此山中，云深不知处。

这是一首不常见的仄韵体五言绝句，描写的是寻访友人过程中的一个小小片段。诗人运用虚实结合的艺术手法，避开了烦琐的细节描述，信手拈来在古松下和童子相遇时的一段话，稍加剪辑，便勾勒了一幅情景相生、极尽变化的水墨写意图。诗人没有正面言情。全诗二十个字，有十四个字被用来写童子的答话。这样安排，似乎有点喧宾夺主；然而，我们正是从童子那先是含糊（师采药去），继而明朗（只在此山中），最后茫然（云深不知处）的答话里，听到了诗人一句紧似一句的追问，体会到了他渴望见到隐者的迫切心情。此外，诗中的"松下"从眼前着笔，交代了事情发生的方位；"云深"借童子说出，强调了不知隐者去向的原因。然而，松曰"下"，足见松之高古；云曰"深"，自明山之远大。这一实一虚之间，不正透露出了隐者居地古木葱茏、云霞缭绕的壮丽风光吗？诗人避实就虚，轻描淡写，不言情而情在其中，未写景而奇景自见，举重若轻地将读者引进了一个醉人的妙境，真不愧神来之笔！

以上所说，是绝句的六种基本形式；同时兼述了律诗中"对仗"的若干技术性问题。对这些"法门"，初学者可以照葫芦画瓢，高手也可以从中得到某些启示。

诗词创作中的常见问题偶拾

诗词创作是一门艺术,除了掌握平仄、叶韵、对仗、粘联等基本规则之外,还须讲究立意、选材、谋篇、布局以及文字提炼、语言驾驭乃至内容与体裁的关系等一系列问题。初学者往往容易挂一漏万,顾此失彼。这里,我将几年来在教学实践中遇到的一些常见问题略加整理,归纳为若干类,提供给学员朋友们作参考。

一、"夹生"类

在当代诗坛,煮"夹生"饭的作手不在少数,随便翻开一本诗词刊物,我敢说没有不带"夹生"饭的。犯这类毛病的人,多为格律娴熟者,"火候"往往差在文字驾驭上。请看例作:

晚郊闲步书所见（原作）

白云山色隐，墟里起炊烟。

新月穿云朵，鸣蝉噪竹园。

松涛翻雨急，归鸟入林喧。

仰卧青苔上，身轻漂若仙。

晚郊闲步书所见（改作）

白云遥瞩目，山影翠横天。

古木喧归鸟，长河嵌落圆。

涛翻松作雨，雾散石生烟。

安得呼元亮，桃源写另篇。

　　原作出自一位离休老干部之手，如果单从音韵、格律上看，已经完全符合规范，然而若从语言、艺术方面要求，则又问题多多。

　　起句的"山色"便不宜"隐"去，题目既云"书所见"，一"隐"便难有"所见"了。只有让其显露些，方能引发无边情兴。故不如用"遥瞩目"取代后三字，以便预留余地，逗起下文。次句套用王维"墟里上孤烟"，易"上"为"起"，已属多余，把"孤烟"变作"炊烟"，就更没有道理了。作者的原意，或许是想为"隐"字提供一点因由，殊不知"炊烟"一物，早已成为历史，今日的白云山，哪里还有它的踪影？诗一脱离现实，便无立足之根，因此，这一句就算王摩诘不提异议也难以适用。倘用"山影翠横天"这样的自家产品取代之，则不唯可脱因袭之嫌，且与上句水接云衔，构成了一幅美妙图景。中两联前四字结构相同，句型板滞，且用字理意多重合，如"鸣""噪""喧"等，加之取景亦不甚得宜，因此不做出大的调整恐难以撑持门面。综合四句考虑，首先应当让"归鸟"提前开声，并易"林"为"木"，凝集镜头，推出一幅"古木喧归鸟"的热闹画面。"新月"句自然淘汰，因其与鸟喧场景不符，月出则鸟安也。其次是需要另取一傍晚景观作下联，补足全景。用落日取代月亮，似较合适，作"长河嵌落圆"，便与上联配合得天衣无缝了。这五个字虽然同样出自王摩诘，但较俏皮，不至于丢了他老人家的颜面。"蝉鸣"一句也自动下岗，有了鸟喧，就不必劳烦"知了"先生的大驾了。五、六句的改造略同三、四句。上联主要是调整字词位置，以免与三、四句同形；下联因"归鸟"前移，亦须另补，试拟"雾散石生烟"五字代之，其产生的错觉效果，应与"涛翻松作雨"不相上下。

结联亦不甚妥帖，既是"闲步"，何得"仰卧"？且作者年事已高，卧于"青苔"之上，扯了湿气，腰骨痛起来可不是作耍的。更何况"漂若仙"之类话语（"漂"疑为"飘"之误），也不宜道得如此明白。诗到结尾须留余地，不必自家把话说足。把《桃花源记》的作者陶渊明先生请出来收拾残局如何？若以"安得呼元亮，桃源写另篇"收束，则此地风光之美妙便自不待言了。这样，就把无限的想象空间留给了读者，不至于让人一览无余。

下面这首咏物诗（原作），所犯的是同类毛病：

夜来香（原作）

庭前花簇下，寂寞又秋冬。

雨滴横枝瘦，风吹叶影重。

露清颜色淡，月白暗香浓。

高洁谁可比？池荷与涧松。

夜来香（改作）

夜分瑶蕊绽，那复记秋冬。

月下枝形瘦，风前叶影重。

莫嫌颜色淡，自有暗香浓。

高洁谁堪比？池荷与涧松。

    咏物之作，所咏对象应具鲜明个性，否则便是通用标签，随处可贴。此诗写夜来香，只具一般花的共性，非夜来香的个性，难说成功。

    起首便含混不清，哪有夜来香的影子？此处宜点破身份，扣住题目，方为正招。三、四句亦属随意笔墨，看似摇曳生姿，实则与本花无大关联；加之对仗不工，便作通用标签也差了成色。倘略加变易，继续扣住"夜"字写，情况却又不同。"月下枝形瘦，风前叶影重"，无形中不就有了几分"夜来香"的面目吗？

    五、六句稍具意味，唯句型板滞（几与上联同形），改为流水对，通篇俱活。结语将就，"可"字违律，改作"堪"，问题便解决了。加工润色之后再来品味它，你的感觉会如何呢？

二、"错位"类

在诗词创作中(这里主要是指词),有一个虽非格律所要求,但已为历代文人骚客约定俗成的问题时常为初习者所忽略。这就是何类词适宜于用雄豪,何类词适宜于用柔婉。如《浣溪沙》《青玉案》等,通常不用豪;而《满江红》《金缕曲》等,则通常不用婉。由于词谱上没有这些规定,故初习者极易颠倒为之,选错词调,造成体例失谐。下边这首纪念建军节的小令便是佐证:

浣溪沙·纪念八一(原作)

起义南昌奏凯歌,长征万里震山河。齐心抗日勇挥戈。
马列高擎声远播,天翻地覆扫群魔。中华民族立嵯峨。

纪念八一(改作)

起义南昌奏凯歌,长征万里扫群魔。中原抗日戈同举,半岛援朝剑共磨。　　马列高擎持理正,山河再造利民多。巨人昂首东方立,碧眼胡儿奈我何!

原作通篇都是刚劲语,与例用柔婉的《浣溪沙》极不协调。就其语言风格而言,倒是与七言诗有几分相近。如稍为增益,扩充为七言律诗,似略胜原作。

首句为典型的"老干体",保留以存本色。次句裁去后三字,将第五句的"扫群魔"移入,"山河"留待后用。这一调整,顿使开篇显得堂堂正正。第三句略加改造,变易为"中原抗日戈同举",用作颔联上比,另补入"半岛援朝剑共磨"一段史事作下比,共同撑起一半门面。"马列"一句,改造法同前,去掉"声远播"一类俗套,以"持理正"三字易之,上联也就似模似样了。下联得出亦不难,只需将前面省下的"山河"二字拈还,添些枝叶,扩充为"山河再造利民多",其成色和上联相比,未必有差。颈联由于保持了"马列",重整了"山河",诗意方面也就构成了自然转折,足以和颔联一起,在篇中支梁立柱了。结语类同口号,无趣。不妨略取其意,改为"巨人昂首东方立"作第七句,另创"碧眼胡儿奈我何"七字收尾。这是不可或缺的一句,有了它,信心信念俱在其中,一股民族自豪之气便油然而生了。同样的题材,由词变为诗之后,读起来味就不一样了。

三、"贫血"类

翻开各类诗词刊物,我们不难发现许多看似像诗,实则乏味的作品。这类作品,语言既通,格律也合,缺少的只是诗的意象与韵味。犹如一个人患了"贫血症",外表似乎正常,实则经不起摔打。试看下边两例:

垂钓(原作)

闲来江畔去,身着绿阴浓。

垂钓斜阳里,如诗如画中。

垂钓(改作)

摇荷春水碧,夹岸柳阴浓。

闲向矶头坐,持竿钓画中。

　　原作给人的印象是:只宜粗看,不耐细嚼。之所以不耐细嚼,是因为作者自己把话说尽了。如结句的"如诗如画中"五字,这种效果,本应由读者到诗中去体味,而不是由作者自我宣示。由读者从诗中体味到的"如诗如画"是含蓄;由作者自己说出来的"如诗如画"是浅陋。何况此诗的前三句,并没有描摹出动人美景,空喊一通"如诗如画",是无法打动读者的。要想真正具有诗画般的效果,就必须在言情状景上深掘几层,创造出另一番天地来。现在让我们沿着作者的足迹,将此诗做一番调整、改造,再来审视其艺术效果如何?

　　原作和改作,同是围绕"垂钓"做文章,一个自道是"如诗如画",另一个则引而未发。到底谁是真正的"如诗如画",两相比照,相信读者不难做出自己的判断来。

游桃花源(原作)

车飞高速漫游春,喜见山花色泽新。

最是桃源风景好,归来犹念洞中人。

游桃花源(改作)

飞车遥探武陵春,十里桃花一色新。

如此风光搬不走,归来犹妒洞中人。

　　原作文字、声律俱合规范,只是命意不新,费尽心思犹未脱俗。首句用字不经济,既云"飞车","高速"便应省略,难道谁还敢在闹市区"飞车"不成? 次句寻常风光,随处可见,哪有半点"桃花源"特色? 这就是所谓可以赠张三,也可以赠李四的"通用礼品"。若作"十里桃花一色新",则与陶元亮"忘路之远近。忽逢桃花林,夹岸数百步,中无杂树,芳草鲜美,落英缤纷"自然绾合,成了此时此地的专利商标了。第三句也无趣,"风景好"应由读者从文字中去领略、体味,自家在那里说得天花乱坠,还不是空话一皮箩! 末句也落常套,不如调换一个角度,不说"念",偏说"妒",于此诗或能横生出一段奇趣来。当然,这个"妒"字,前面需要蓄势,把原来的第三句改为"如此风光搬不走",转合二句便成"弓开如满月,矢发似流星"了。

　　另有一种"先天不足"类,情况与"贫血"类略有不同,也需补益才能成诗。请看下面的例子:

友邻(原作)

鱼虫鸟兽共生存,是我亲朋是我邻。

滥捕滥戕濒灭绝,自然灾害必临身。

友邻（改作）

大家都住地球村，鸟兽鱼虫是友邻。

便作羹肴亦何忍，只缘孱弱转宜亲。

资源理合均衡享，生命焉能贵贱分。

倘使一朝俱灭绝，断无人类可图存。

原作选题、立意俱颇独特，语言亦明白晓畅，只是内容略显单薄，难起警示作用，必得送他四句，扩成一律，方能振聋发聩。

首二句压缩成一句，尽量腾出空间，另补一句家常话作开头，强调人与动物之间彼此依存的关系。三、四句紧承"友邻"二字生发，对那些贪图口福滥杀生灵者，既有批判，也有规劝，是篇中不可或缺的内容。句式上则略仿老杜《又呈吴郎》，由于所咏事物差别甚大，故不易为人察觉。五、六句进一步申述观点，强调众生平等，动物与人一样，也有权利享受地球上的资源，菩萨心肠，个中尽见。结联在原诗的基础上做了进一步深化，由担心灾害临身到肯定难以图存，在认识意义上完成了一个质的飞跃。

作诗无定法，改诗亦然，通常情况下，修改多是原型更换，少量也有压缩的，如后文就有律诗改绝句、七言改五言的例子，像本题这样进行领土扩张的，怕是破了天荒。孰是孰非，且待时贤以及后人评说。

四、"偏靶"类

在诗词创作活动中,常常可以看到许多机敏的作者,能较好地捕捉生活中的新事物、新题材,却不善于选择切入的角度,以致瞄准了射不中,或射中了扎不深。上好的材料,造不出上好的产品来。下面两首例作,能为我们提供这方面的借鉴:

神舟上天(原作)

又报神舟访九霄,牛郎织女喜相邀。

来年载酒同登月,不教嫦娥再寂寥。

神舟上天代牛女作(改作)

喜见神舟访碧霄,从今聚首不须桥。

更期载酒同登月,莫使嫦娥有寂寥。

原作抓住了一个李白、杜甫、苏东坡的时代无法想望的崭新题材,表现手法也具有几分浪漫色彩,可惜的是未能选准切入角度,以致射靶有偏,空负了已经到手的大好材料。此外,工艺上的粗糙也影响了现有角度的美感表现。如"相邀"多用于朋友,不适宜于夫妇;"教"字平声违律等。如果调换一个角度,剔除旁观者评头品足的成分,让牛郎织女现身说法,自己去感受现代科技带来的喜悦,情趣便会截然不同。

从原作与改作的对比中我们不难发现,所谓角度调换,其实只是在题目中添加了"代牛女作"几个字,变第三人称为第一人称而已。就字面修改而言,只能算是微调;然而从方向选择的修正上看,却有四两拨千斤的意义。

春联(原作)

成双成对下人间,生死鸳鸯结墨缘。

寻祖伊当在诗后,贴楹自会领春先。

意随情造古今境,曲任心弹长短弦。

最喜高格第一美,蓬门彩柱俱芳颜。

春联(改作)

成双成对影翩翩,生死鸳鸯结墨缘。

寻祖伊当在诗后,报春人喜占花先。

意随情造古今境,曲任心弹长短弦。

最喜格高无势利,豪门寒宅乐同悬。

题是常题,事为常事,然一经巧手剪裁,便平添了许多情韵。诗中时见小疵,也时有天趣,这种有毛病、有味道的新蕾,胜过三家村醋酸夫子没毛病、没味道的陈货何止一万倍。

开篇用"成双成对"的"生死鸳鸯"作喻,赋予"春联"十足的人情味,设想与众不同。唯"下人间"三字略嫌使巧,对联本是"人间"之物,没必要将它们划入"神仙"行列,那样反会失去本真。改作"影翩翩"就好了,别的且不论,单从形象上讲,也要比原句丰满得多。

颔联上比好,论定春联历史地位,自然成理;下比太弱,几不成诗,改作"报春人喜占花先",外形依旧,意蕴全新,始足与上联相抗。五、六句信手裁成,表述极为到位,且能活用格律变通,增强音节效果,是为难得。

结联有明显问题:上句"格"字违律,"第一美"也说得太满,分寸非宜;下句总体差了火候,有虎头蛇尾之嫌。须得突破原有的立意框架,才可成为全诗的亮点。

五、"臃肿"类

诗词以精炼为要,能用尽量少的文字表达尽量多的意思,才算得上是高手。常见有一类诗人,下笔总是难以自控,往往把能用五言表达的内容写成七言,能用绝句写完的东西拖成律诗。这种现象,可以称之为"臃肿"。在当今诗坛,此病较为普遍,兹略拾数例以为证:

渡口菜农喜安庆长江大桥建成(原作)

昔往宜城苦过江,舟车风雾接龙长。

欣逢一座新桥阔,无耐千年老渡凉。

北赏黄梅花吐艳,南栽青果地飘香。

东流细浪琴轻奏,伴绘田园致富章。

渡口菜农喜安庆长江大桥建成（改作）

过江愁往昔，车马接龙长。

一座新桥起，千秋古渡凉。

北梅看吐艳，南果自飘香。

从此天涯近，同书致富章。

原作写安庆长江大桥建成后给菜农带来的种种好处，时代精神、生活气息俱有。失在用语牵强、拖泥带水。倘压缩成五言，效果似能胜出一筹。

首句"宜城"二字可承题省略，道"苦"亦不如言"愁"。次句"风雾"太着拼凑痕迹，扫去为宜。"舟车"易作"车马"，可将"往昔"的时间跨度加大不知多少倍。

颔联"阔"字多余，长江上架桥，还能窄得了吗？且上下语意不畅，稍加删削，变平行为流水，岂不言简意赅？

五、六句词语亦欠推敲："赏黄梅"其意已明，无端复赘一"花"，便成蛇足。"果"有香不解自"飘"，偏要让贤与"地"，也有悖常情。去掉枝蔓，纠正偏差，留下十个字便成好句。

第七句更是败笔，想长江"乱石穿空，惊涛拍岸"，是何等声威、气势，岂可以"细浪"状之！反用一句唐诗，作"从此天涯近"，于此题可谓恰到好处。结尾承前意稍作调整，整首诗便浑然天成了。

此诗压缩成五言之后，比起原先的七言来，内涵是不是更丰富了呢？通过对照，我想答案是不难得出的。

咏菊（原作）

岸柳牵风伴白鸥，枫红云淡菊丛幽。

怜芳欲把情怀敞，惜玉偏当傲骨留。

宁愿枝头抱香老，不登楼阁避寒秋。

生来自有天然美，衰盛随缘无怨尤。

咏菊（改作）

自归陶令宅，三径享清幽。

簪鬓高情见，凌霜傲骨留。

还将篱畔意，来饰桂边秋。

香抱枝头老，凭谁说怨尤？

原作拖泥带水一如前例，笔墨游离则有过之。整体压缩成五言，是为所宜。

题目是写菊，却不知相对集中笔墨去描摹所咏对象的个性特征，偏要安排"柳"去"牵风"、"鸥"来做"伴"，还要外加一片"枫红云淡"凑热闹。各类无关紧要的物事，开门便齐来应卯，"宾客"挤破了门洞，"主人"还有得地方容身吗？真正的喧宾夺主了！这两句并非缺少美感，只是离题太远，白白浪费了好镜头，不如用"自归陶令宅，三径享清幽"破题。

"怜芳""惜玉"二句，有拆用成语之嫌，于菊花也不甚切。

"傲骨"可"留","情怀"则不必"敞",前句作"簪鬓高情见",暗扣着杜牧之"菊花须插满头归",岂不甚好?

后半重调次序,该并的并,该淘的淘,去掉"生来自有天然美"一类套话,于五、六位置安排一联流水对,通首便生动多了。

不经过一番斫削,读者诸君能够看到真正的《咏菊》吗?

下面一例,同属此病:

中秋夜饮(原作)

偃酒三年未入唇,浅尝少许竟微醺。

散披青发千丝秀,羞掩红腮双颊馨。

邀月举杯杯溅泪,回身顾影影含颦。

夜深衾冷难成寐,我与嫦娥共此心。

中秋夜饮(改作)

三年远脂酒,此夕竟微醺。

秀发风前舞,轻红颊上匀。

语花花溅泪,对月月含颦。

心与嫦娥近,何时可共论?

文字拖泥带水,意思含混不清,字浮于义,犯了典型的"臃肿"病。开头便似水发货:三年戒酒,一朝竟醉,就这么一丁点意思,居然花了十四个字还未表达顺畅。作"三年远脂酒,此夕竟微醺"不好吗?

"散披青发"形象不佳,"千丝秀"弥补不了,又不是梅超风驾到,用不着如此夸张。"羞掩"句亦欠自然,"腮""颊"相去不远,有堆积之嫌,"馨"字出韵犹在其次。改作"秀发风前舞,轻红颊上匀",始见"微醺"之意,形象会美得多,不然便成醉鬼了。

后四句似有难言之隐,遣词命意,若不胜情。只是语句生涩,其情难以畅达,如"杯溅泪""影含颦"之类,多在通与不通之间;结尾虽通,但一泻无余,太过直了。好在材料现成,不妨略加补充、裁剪,另行拼出新图,庶几可得风神一二。

六、"游离"类

笔墨游离,生拼硬凑,牵强附会,似是而非,也是诗词创作中的常见病之一。此类病在即事、咏物之作中尤其流行。笔者手头的案例,多得可以单独编一本书。请看病案:

山翁(原作)

咱去山乡寄一廛,三间草舍半桑田。

池滨鲤鲫金鳞脍,苑圃瓜蔬玉露煎。

觅友敲棋芳草渡,携朋对酒杏花天。

晨操夕舞形姿改,植树开荒百尺巅。

山翁(改作)

远住山乡乐似仙,三间草舍几分田。

池捞活鲤和鳞烩，园摘鲜蔬带露煎。

即兴棋敲芳草渡，消闲酒置杏花天。

更思凉荫儿孙辈，植树开荒百尺巅。

　　首句与后文矛盾，听那口气，似是城里人想下乡"潇洒走一回"，但以下各句意思，又多是乡下人的行为特色。根据全诗内容改作"远住山乡乐似仙"。次句"半桑田"不大好，与上句的"寄一廛"一样，太多方言成分，非大众语言，改作"几分田"岂不明白晓畅得多？

　　三、四句意思不错，但不够精当，"金""玉"一类字眼，做作痕迹太深，如稍加调整，作"池捞活鲤和鳞烩，园摘鲜蔬带露煎"，便会更加贴近生活，自然有趣得多。别的且不说，只这"活""鲜"二字，就足以让城里人口水直流，羡慕不已了。何谓"乐似仙"？从这些小地方也可体会一二。

　　颈联"芳草渡""杏花天"两个特定场景设置得不错，可惜前四字差了成色。"友""朋"犯复暂且不计，单上句的"觅"字就显得刻意了些。置棋局于"芳草渡"，不像是"觅"的结果，说是碰上了就来一盘还差不多。如改作"即兴棋敲"或会更具意趣。下句的相应调整，主要是为了成对，不过那潇洒、闲逸的程度，似也略胜原句。

　　结尾一句极好，所憾者上句不能配合，抑制了它的闪光精神。试以"更思凉荫儿孙辈"七字易置于前，再来看它的效果，感觉会如何呢？答案大概不需要我说出来吧。

下面两首词,属于不同游离体:

浣溪沙·秋韵(原作)

通幽曲径阻风尘,霜叶枝头黄叶匀。虫鸟秋歌醉客魂。
逍遥不觉林深处,一弯碧水寄凫群。别有光景耳目新。

浣溪沙·秋韵(改作)

红叶新裁一色匀,凉生苔石净无尘。鸟歌虫语是秋魂。
路向霜林深处转,影从云雁过时分。别饶清景在黄昏。

此作名曰"浣溪沙",仅字数同耳,余皆不协。看他开篇用平起,便知其于词律不甚了了。虽然如此,改造却又不难,因其各句之中,或多或少都有可供创造、发展的"词根"在。

次句写"霜叶",已略窥"秋韵"一二,稍加润饰,作"红叶新裁一色匀"味便十足了。将其放在前锋位置,谁说不是标准的"浣溪沙"?

首句留他一个"尘"字,添补些"苔石"之类的物事,再加上一把雪种让其生出些"凉"意,挪后一个席位当"二把手",不也称职得很吗?

第三句只需叫那"醉客"下岗,其余全部留用,另行分配工作。"鸟歌虫语是秋魂",酒鬼一去,这七字便如仙女临凡,光彩夺目。

过片二句,按律应以对偶为常格,原句不唯不对,且文意欠通,平仄又失,故有较大改动,几乎是另出新枝。尽管如此,细心者还是不难看出其中的"根"来:"路向霜林深处转",目光并未离开原先的林地;"影从云雁过时分",也不过是将"凫"换成"雁"而已。

结语保留原句意思较多,与前两句相比,已算不得是改动,不妨把它看作疏通理顺吧。

卜算子·读两首《咏梅》名作偶得(原作)

驿外断桥边,百丈冰崖上,都有花枝俏斗风,傲雪而无恙。
零落作尘泥,烂漫丛中望,作者身时意境缘,不会全同样。

卜算子·读两首《咏梅》名作偶得(原作)

七尺断桥边,百丈冰崖上,各有花枝俏出群,傲雪俱无恙。
香染路边尘,笑踞丛中望,等是乾坤赤子心,岂必同模样!

能抓到这样一个题目来做文章,实在是新鲜不过。词的大部分句子都是从两首名作中拈来,略感现成,命意也有偏颇之嫌。如能将陈句进一步化开,结尾的意思再深掘一层,就是一首很不错的词了。

首句照搬放翁,太显眼,宜略为掺和以与次句成对。句首改"七尺"便好。

第三句"都有"不如"各有","俏斗风"亦不佳,作"俏出群"便冲淡平和了。

歇拍句"而"字显得虚且无力,几近废置,这不叫填词,叫填空。换一个"俱"字,正好照应"各",岂不便当?

下片前两句亦不工,不是化不开就是粘不住,只有改成"香染路边尘,笑踞丛中望",才叫作"化合无痕"。

结穴两句主要是立意不高,加上表达欠妥,活像一个蹩脚的足球评论员,只知道在场外说嘴。如果能从反的方面立意,用"等是乾坤赤子心,岂必同模样"来突出两位名家的人格,那便是名符其实的格高味厚了。

如果上述案例还不足以说明问题,我再请诸位"登"一次"庐山",你就会相信本人所道绝非危言耸听:

登庐山(原作)

匡庐溯旧游,九曲尽情收。

有鸟轮啼转,繁花半吐羞。

天池邀倩影,旌旆挽佳眸。

艳艳江洲火,茫茫翠海讴。

登庐山(改作)

信是情难断,匡庐续旧游。

鸟啼多惬意,花吐半含羞。

泻瀑天悬带,摇波地闪眸。

一声长笛起,星火动江洲。

原作散乱游离,不成章法。篇中不通之处甚多,欲其成诗,除非脱胎换骨。头一句触到题目,算是打了个擦边球,次句收"九曲"便跑到庐山以外去了；加上后边还扯到"天池"，读后让人武夷、长白摸不着头脑。

三、四句欠通，何谓"轮啼转""半吐羞"？如此生造语，恐无人领会得来。"旌旆挽佳眸""茫茫翠海讴"等句，也在通与不通之间。剩下一片"江洲火"，却又"艳艳"得令人不是滋味。

诗无达诂，亦无定法，但首先要写通，通而后要写出个性，个性而后要有艺术趣味。这首诗我做了较大改动，理顺的同时，运用了一些比拟、夸张、联想等形象思维手段，实际上等于重新创作。不过除"一声长笛"外，其余句子中都有原诗用过的字词，因此版权不属于我——尽管我非常喜欢"一声长笛起，星火动江洲"这个响亮的结尾。

关于诗词创作中的常见问题，远不止上述数种。限于篇幅，难以一一列举。以后如有机会，笔者愿意和广大诗友一道，做进一步的探讨。

水吞三楚白　山接九嶷青

——《求不是斋诗话》之"洞庭湖"篇

一

岳阳楼位于洞庭湖南岸岳阳市境内,与武昌黄鹤楼、南昌滕王阁并称"江南三大名楼"。古贤登临吟咏之作颇多,其中以杜少陵《登岳阳楼》一律最为有名:

> 昔闻洞庭水,今上岳阳楼。
> 吴楚东南坼,乾坤日夜浮。
> 亲朋无一字,老病有孤舟。
> 戎马关山北,凭轩涕泗流。

此为诗人暮年流寓湖南时所作,身世之悲,家国之痛,尽寓于登楼一啸之中。被后人誉为"五言绝唱"。

太白流放夜郎途中遇赦,自江陵还至岳阳时亦有《与夏十二登岳阳楼》之作:

楼观岳阳尽,川迥洞庭开。

雁引愁心去,山衔好月来。

云间连下榻,天上接行杯。

醉后凉风起,吹人舞袖回。

　　李诗明快清新,轻灵飘逸,与杜诗之抑郁沉雄大异其趣。盖其时公初脱樊笼,"千里江陵一日还",心中正自高兴,遇此大好湖山,焉能不吐快语?

　　读二公登楼之作,一感极而悲,一其喜洋洋。悲者大我,喜者小我,就其思想意义而言,是太白不若少陵,而心理之自我调节,则少陵远逊太白矣。二公者,皆以"狂"自命,一曰"自笑狂夫老更狂",一曰"我本楚狂人",然就此二诗判之,少陵只是佯狂耳,太白是真狂。

二

　　唐人咏洞庭之作,以太白为最多。《荆州贼乱临洞庭言怀作》,述肃宗乾元二年八月襄州守将康楚元、张嘉延叛乱事,感慨深沉,可见太白诗之别格。"积骨成巴陵,遗言闻楚老""思归阴丧乱,去国伤怀抱""关河望已绝,氛雾行当扫""长叫天可闻,吾将问苍昊"。对叛贼之痛恨,对黎元之同情,对平乱之期冀,尽数流溢于纸面。"诗仙"此际,几同"诗史",所异者唯多几分豪侠气耳。公另有《陪族叔刑部侍郎晔及中书贾舍人至游洞庭五首》。

其二云：

> 南湖秋水夜无烟,耐可乘流直上天?
> 且就洞庭赊月色,将船买酒白云边。

其五云：

> 帝子潇湘去不还,空馀秋草洞庭间。
> 淡扫明湖开玉镜,丹青画出是君山。

或描摹湖上风光,或抒发心中豪兴,物我俱忘,狂态毕现。此时之太白,又归入"仙人"行列矣。至于《陪侍郎叔游洞庭醉后三首》之三"划却君山好,平铺湘水流。巴陵无限酒,醉杀洞庭秋",则于"诗仙"之外,兼具了几分"酒鬼"形象。

三

孟浩然《望洞庭湖赠张丞相》一诗,历来称道者不少。其"气蒸云梦泽,波撼岳阳城"一联,写湖上壮观,极具气势。如此笔力,唯少陵"吴楚东南坼,乾坤日夜浮"堪与匹敌。惜乎"欲济无舟楫"以下四句,干谒之迹太露,遂使全诗格调,降了三等。由是观之,为诗之道,首在气骨风神,而后始有才情技巧也。张丞相即张九龄,开元间名相,大诗家。

四

君山又名湘山、洞庭山,位于洞庭湖上,相传为舜妃娥皇、女英居住之所。对君山之秀美,历代文人多有题咏。其流传最广,影响最大者,当首推刘梦得、雍国钧之作。

刘诗云:

> 湖光秋月两相和,潭面无风镜未磨。
> 遥望洞庭山水翠,白银盘里一青螺。

将湖上青山,喻为银盘托青螺,不唯形象鲜明,且见眼界之大,隐然有登泰山而小天下之致。

雍诗则曰:

> 烟波不动影沉沉,碧色全无翠色深。
> 疑是水仙梳洗处,一螺青黛镜中心。

同样是"螺",同样是"镜",雍诗由于省去了一个"白银盘"复比,加入了"水仙"即二妃之传说,故更见清新活泼。然而梦得之作在前,国钧之作在后,后者受前者启发,有明显轨迹可寻。雍氏套用"螺""镜",终不免"拿来主义"之嫌也。好在刘氏乃大名家,又是前辈,对后辈小名家之顺手牵羊,当能容让。国钧名陶,大和年间进士,小梦得二十三岁,曾任侍御史、国子毛诗博士等职。

五

陈简斋(与义)南渡后尝客湖湘,于洞庭湖畔每多吟咏。其《登岳阳楼》《巴丘书事》诸作,九曲回肠,悲怆感慨,直开元遗山风气。

《登岳阳楼》(其一)云:

> 洞庭之东江水西,帘旌不动夕阳迟。
> 登临吴蜀横分地,徙倚湖山欲暮时。
> 万里来游还望远,三年多难更凭危。
> 白头吊古风霜里,老木沧波无限悲。

全诗由景入情,一气流转,结语尤有锥心之痛。

《巴丘书事》云:

> 三分书里识巴丘,临老避胡初一游。
> 晚木声酣洞庭野,晴天影抱岳阳楼。
> 四年风露侵游子,十月江湖吐乱洲。
> 未必上流须鲁肃,腐儒空白九分头。

巴丘(岳阳)为三国东吴重镇,周瑜、鲁肃等都曾在此地练水军御曹,首云"三分书里识巴丘",即寓抗胡复国之意。次句"避胡"二字痛切。结联直责庙堂偏安政策,为一篇之重心。简斋此类诗,若与其《临江仙》词参读,便知"二十余年如一梦,此身虽在堪惊"之根由所在。

六

> 洞庭八百里,玉盘盛水银。
>
> 长虹忽照影,大哉五色轮。
>
> 我舟度其中,晃晃惊我神。
>
> 朝发黄陵祠,暮至赤沙曲。
>
> 借问此何处,沧湾三十六。
>
> 青芦望不尽,明月耿如烛。
>
> 湾湾无人家,只就芦边宿。

此白石道人《昔游诗》也。写游湖所见所感,读之仿佛身临其境。末四句尤具意味:一派青芦,满天云月,好个清幽所在!诗人以一叶扁舟就宿芦边,大得自然之趣。白石固林泉雅士,此时能以明月清风为伴,耳之得之,目之遇之,其乐可知矣。若肉食者处此,必当叫苦不迭。此所谓情趣不同,感受必异也。名湖得逢高贤,高贤亦受名湖所赐,两两相得,互有幸焉。试仿辛稼轩曰:"我

见明湖多妩媚,料明湖见我应如是,情与貌,略相似。"白石如闻,
不知以为然否?

七

　　君山有二妃墓,墓前有彭玉麟石刻联:"君妃二魄芳千古;山
竹诸斑泪一人。"山竹多斑,传为二妃之泪所染;毛润之亦有"斑竹
一枝千滴泪"之句。可见二妃之泪说入人心也深矣。元遗山作
《湘夫人咏》,言竹而不及泪,亦颇感人。诗云:

　　　　木兰芙蓉满芳洲,白云飞来北渚游。

　　　　千秋万代帝乡远,云来云去空悠悠。

　　　　秋风秋月沅江渡,波上寒烟引轻素。

　　　　九嶷山高猿夜啼,竹枝无声坠残露。

　　诗意惨惨凄凄,虽不出泪字,然伤怀不亚有泪也。二妃闻之,
必引为知己。

　　李梦阳用旁观眼作《湘妃怨》,情感便有所不及。诗尚典雅,
不妨一录:

　　　　采兰湘北沚,搴木澧南浔。

　　　　渌水含瑶彩,微风托玉音。

　　　　云起苍梧夕,日落洞庭阴。

不知篁竹苦,惟见泪斑深。

梦阳字天赐,一字献吉,明弘治进士。诗宗杜甫,然过于追逐模拟。沈德潜以为"有面目太肖处",盖就其古体而言也。读此诗,殊无杜意,倒有五分似晚唐,三分类北宋,只有二分是自家声口。

八

杨孟载对洞庭湖情有独钟,周边风物,每见于诗。其《登岳阳楼望君山》一首,古朴浑成,颇耐咀嚼:

> 洞庭无烟晚风定,春水平铺如练净。
> 君山一点望中青,湘女梳头对明镜。
> 镜里芙蓉夜不收,水光山色两悠悠。
> 直教流下春江去,消得巴陵万古愁。

三、四句尤为传神,不可多得。公另有《岳阳楼》一律云:

> 春色醉巴陵,阑干落洞庭。
> 水吞三楚白,山接九嶷青。
> 空阔鱼龙气,婵娟帝子灵。
> 何人夜吹笛,风急雨冥冥。

是作沈归愚以为"应推五言射雕手,起结尤入神境"。予则曰:即便中间两联,亦不亚盛唐气象。结语有思乡之意。其《闻邻船吹笛》乡思更为浓郁,诗云:

> 江空月寒露华白,何人船头夜吹笛。
>
> 参差楚调转吴音,定是江南远行客。
>
> 江南万里不归家,笛里分明说冀华。
>
> 已分折残堤上柳,莫教吹落陇头花!

杨孟载名基,杨基与高启、张羽、徐贲为诗友,时人称"吴中四杰"。

九

巴陵旧有洞庭连天楼,故址应在岳阳文庙附近。此可从元人傅若金《洞庭连天楼》诗里测知:

> 崔嵬古庙压危沙,缥缈飞楼入断霞。
>
> 南极千峰迷楚越,西江众水混渝巴。
>
> 鲛人夜出风低草,龙女春还雨湿花。
>
> 北倚阑干望京国,故人何处认星槎?

傅若金,字与砺,生卒年不详。他应该在岳阳一带做过官,其《岳阳中秋值安南贡使因怀旧游》可以说明一些问题:

> 洞庭秋气满龙堆,为客偏惊节序催。
>
> 铁笛乍闻云外过,琼楼应傍月中开。
>
> 越裳重译三年至,溟海浮槎八月来。
>
> 忽忆旧游今万里,天涯长见雁飞回。

"越裳",古南海国名。相传周公辅成王,制礼作乐,越裳氏以三象重译而献白雉。见《后汉书·南蛮传》《梁书·海南诸国传》。诗中借以代指安南贡使。傅氏能在岳阳接待贡使,身份自然不低。

十

盛鸣世,字太古,凤阳人,国子监生。明末避乱至岳阳,题酒家壁曰:

> 巴陵压酒洞庭春,楚女当垆劝客频。
>
> 莫上高楼望湖水,烟波二月已愁人。

尾联愁肠百结,不尽故国之思,非崔相公"日暮乡关何处是?烟波江上使人愁"可以比得。

十一

夏完淳,字存古,考功郎夏允彝之子。年十五,从军抗清,兵败死节。沈归愚谓其"生为才人,死为鬼雄,汪锜不足多也。诗格亦高古罕匹"。其《秋夜感怀》(按:一说为梦中登岳阳楼作,据现有史料,夏似未到过湖南)慷慨悲凉,颇耐一读:

> 登楼迷北望,沙草没寒汀。
> 月涌长江白,云连大海青。
> 征鸿非故国,横笛起新亭。
> 无限悲歌意,茫茫帝子灵。

三、四句壮阔雄豪,一空沧海,当可与杜少陵"吴楚东南坼,乾坤日夜浮"、孟襄阳"气蒸云梦泽,波撼岳阳城"鼎足而三。颈联上含故国之悲,下起时人之叹。英雄出少年,此之谓也!结句"帝子灵"既点明地域又别寓情怀,亦有余味。

十二

明末邝露,擅五言。《洞庭酒楼》云:

> 落日洞庭霞,霞边卖酒家。

晚虹桥外市，秋水月中槎。

江白鱼吹浪，滩黄雁踏沙。

相将楚渔父，招手入芦花。

　　中二联颇工丽，"鱼吹浪""雁踏沙"，鬼斧神工，不可多得。通篇飘逸轻灵，气韵生动，非功力才情兼具者不能到也。邝氏另有《洞庭》一律，颇有些青莲风致。诗云：

人归洞庭水，心远百蛮天。

虹饮吴山雨，蝉嘶楚岫烟。

挂帆明月树，沽酒白云船。

来雁纷南向，衡阳何处边。

　　诗写湖光山色而兼叙乡愁，沉郁中见超脱，允为佳构。唯中二联尾三字同形，略欠变化。此类偏招，青莲或不认同，少陵则必见许。答案在《秋兴八首》中，"降王母""满函关""开宫扇""识圣颜"是也。沈归愚谓其诗"原本《楚骚》，五言尤胜"。诵此二律，已然信他一半。

十三

长风霾云莽千里，云气蓬蓬天冒水。

风收云散波乍平，倒转青天作湖底。

初看落日沉波红，素月欲升天敛容。

舟人回首尽东望，吞吐故在冯夷宫。

须臾忽自波心上，镜面横开十余丈。

月光浸水水浸天，一派空明互回荡。

此时骊龙潜最深，目眩不得衔珠吟。

巨鱼无知作腾踔，鳞甲一动千黄金。

人间此境知难必，快意翻从偶然得。

遥闻渔父唱歌来，始觉中秋是今夕。

　　此查慎行初白先生《中秋夜洞庭湖对月歌》，记洞庭湖月夜畅游，豪情壮采逼人而来，真千古快意诗也！"长风"二句，写初游时气候不佳，有"淫雨霏霏，连月不开"之感，乃欲擒故纵之笔；"风收"以下，便见"长烟一空，皓月千里"，顷刻令人心旷神怡矣。以"须臾忽自波心上，镜面横开十余丈"状素月升空，与东坡"少焉，月出于东山之上，徘徊于斗牛之间"可谓异曲同工，相映成趣。是作非唯状景特佳，其言情寓理，亦得通玄之妙。试味"人间此境知难必，快意翻从偶然得。遥闻渔父唱歌来，始觉中秋是今夕"，禅趣天机，回甘无尽，便知我言不诬。查氏为清代吟坛大家，诗宗宋人，刻画工细，意境清新，登临怀古之作颇多，俱能引人入胜。今读此诗，予亦恍似置身湖上，不知今夕何夕矣。

十四

　　姚梦谷诗风清雅,颇类其文。刘大櫆门下诸贤,诗文双胜者,当首推姚氏。暮年游历湖湘,所经之处,俱有诗文。予尝读其《岳州城上》,深为折服。诗云:

　　　　高接云霄下石矶,城头终日敞清晖。
　　　　孤筇落照同千里,白水青天各四围。
　　　　山自衡阳皆北向,雁过江外更南飞。
　　　　人间好景湘波上,却照新生白发归。

　　意境苍凉高古,不亚少陵。前六句大开大合,一结感慨深沉,盛唐元气有以见也。姚氏为桐城派大家,主江宁、扬州等地书院凡四十年,而诗中不着一丝学究气,难得。

十五

　　文道希廷式先生,光绪进士。诗词名重当时,因政治上倾向变法,故每多慷慨激昂之作。其《过洞庭湖》云:

　　　　舟人祷福祀灵君,我有狂言愿彻闻。
　　　　借取重湖八百里,肆吾十万水犀军。

此诗当作于中日甲午战争之后,公鉴于北洋水师覆没之惨痛教训,主张变法维新,走富国强兵之道。发之于诗,定然激越。自谓是"狂言",实则痛语也。"灵君",即洞庭君,龙王;一本作"灵均",则为屈子,细参诗意,非是,吾家老夫子没得八百里重湖借与他。"重湖",洞庭湖兼有青草、赤沙诸湖,故云。肄,习也,作训练解。此类借题发挥之作,多寓时事感慨,未可等闲看过。

好诗是从心里流出来的

——在"八桂诗坛"换届选举大会上的演讲

各位诗友好!

有机会参加"八桂诗坛"换届选举盛典,很荣幸。钟家佐老要我讲讲诗,临阵磨枪,没什么准备,我就接着林从龙老的话尾巴来讲吧。我是唯林老的马首,不,"龙"首是瞻。没有题目,就叫杂谈吧。我有两本书,有兴趣的朋友可以看一看。一本叫作《诗词医案拾例》,这本书在座的诗友可能有人有。是前年由河南文艺出版社出的,还比较新。还有一本呢,就是最近由黄山书社出的,叫作《求不是斋诗话》,几位朋友合出的。我今天就结合两本书的一些例子来讲讲我的观点,和大家一起来切磋;也就教于主持会议的黄素芬教授、林老以及各位方家!

林老刚才说,昨天李树喜先生发言讲道:唐诗是酿出来的,宋诗是想出来的。那么我们今天的诗是怎么出来的呢?林老说得对,诗的最基本的特征,最基本的要素是"情"。"诗者,文学之精也。难从笔上得来,应自心中流出。心中无激情,不可强作。勉强落笔,恐其画虎不成反类犬耳,纵有千言,何足言价?"这是拙著《求不是斋诗话》里的一段。没有情的诗,不带感情的诗,没有价值,就这个意思。所以我要说,诗,是流出来的、蹦出来的、跳出来的! 不是牙膏,要挤才出得来。我强调的是,诗要自然流露,当你心里有激情了,想写了,就会封都封不住。如果你只是为了应酬,硬去挤,四平八稳来几句,那就叫"套",不是"套"就是"常",即所谓"常话"或"套话"。这样的诗,意思不会太大。所以我要发掘一下林老刚才那番话的内涵:诗,要流出来。

下面,我举几个例子,讲讲我对诗词创作的个见。

林老刚才讲到了"取前人之诗""成语入诗"的问题,我就接着这个话题讲。我认为,取前人之语入诗有四法:

一曰 "原样搬来"

什么叫"原样搬来"呢? 就是前人有什么样的成句,我把它弄来,用到自己的诗里边。比如"天若有情天亦老",这句诗是李贺的,前人用过,我们当代的伟人毛泽东也用过,这个就叫作"原样搬来"。虽然是照搬,但不叫"偷",而叫"借"。借用前人成句,明清以来成为时尚。自己诗里用一句前人的现成句子,用得好、用出新意来的话,是非常妙的。借了不用还,事实上就是偷;说"借",显得风雅一点。我们谁见过借了别人的诗有还给人家的?从来不用还,你借了就是你的了。所以前人说:熟读唐诗三百首,不会吟诗也会偷。

妙手空空,诗之一式。善偷者亦高才,前提是要善偷。此法固佳,但不宜多用;多用则难免捉襟见肘。偶然借借可以,你每一首诗都借人家的就不好了啊。这是第一,原样搬来。

二曰"剪枝嫁接"

所谓"剪枝嫁接",就是用前人成句一半,或者用它三个字,或者用它四个字。"雄鸡一声天下白",谁的诗啊,还是李贺的;另一个版本是"雄鸡一唱天下白"。毛泽东把它剪枝嫁接到自己的词里边,变成"一唱雄鸡天下白"。整个都是李贺的,只不过是将字搬一下家。因为李贺的诗不合律,它是古体;毛泽东要把它变成自己的词,必须合律,所以动用了"剪枝嫁接"法。自枝接在自干上,倒也别出心裁。

"剪枝嫁接",真是妙味无穷。不过操此法的人多了,自然就有了"神偷"与"俗手"之分。康熙年间有一位名气并不很大的诗人史夔,他就属于那种从不轻易出手的"妙手神偷";一旦出了手,就是窦尔敦盗御马——朝野震惊。最著名的案例,莫过于他偷明代徐祯卿《简唐伯虎》中的诗句来作《赠李解元鹗君》了。徐氏的原句是:"十里青山骑犊醉,一床黄叶拥秋眠。"这诗写得极为风流潇洒,淡远空灵,当时就被誉为"无上妙品"。打它的主意,无异于太岁头上动土。但史夔是"姜太公在此,百无禁忌",他既要做人情,又不想花血本,便趁机做下了这桩"没本钱的买卖"。诗一划到他的名下，立即就贴上了新标签："一瓮白云邀月醉，半床黄叶拥秋眠"。他也真够绝的，为了掩人耳目，干脆"山"也不要了，"犊"也不要了，只邀一个李太白的月亮作陪，造出些"对影成三人"之类的假象，叫你无法查证；"黄叶"也减去它"半床"，另添"一瓮白云"作补偿，悠哉游哉的，似乎还略占了些便宜。这样一来，明朝那个姓徐的要和他对簿公堂，只怕是输多赢少了。

三曰"另着衣衫"

"石出疑无路，云开别有天"，杜少陵的诗。人走在云雾山中，突然一道石壁拦在前面，怀疑无路可行了；结果云一散开，又看到了另一番天地。陆游将其"另着衣衫"，变成："山重水复疑无路，柳暗花明又一村。"这意思完全是从老杜那儿来的，都是说，看似没有希望、没有出路了，忽然之间，出现了新天地。

少陵和放翁这两句诗，谁的更有名呢？我们记得的是哪一句？恐怕多数人都只记得陆游的，只有少数人记住了老杜那一句。就是说，放翁这一句，强过老杜了。为什么？"山重水复""柳暗花明"，它有形象，见生机；而老杜那句，只说到石头阻着你了，看不到有更多的生机。这是大家手法，衣衫另着而模样已全然不似古人，有了自家面目。这是取前人之语入诗的第三法。

四曰"化其神意"

所谓"化其神意",就是我把你的意思化用到我的作品里边来,但不要你的原型,甚至连字面都不取。重在一个"化"字。

"相看两不厌,只有敬亭山。"谁的诗?李白的诗。说了一个什么事情呢?中心思想就是人与山的相互爱恋:"人山之恋"。注意,那是李白的口气,李白是天才哦,大诗人,那口气很厉害。敬亭山对他根本没有什么态度,也没有任何表示,他自己就单方面宣布"两不厌"了!真是"爱你没商量"!这就是李太白,他不需要敬亭山表态,他是山大王,用霸气赢得"压寨夫人"。这样的爱法,虽难免粗野、强暴了一些,但也不失为英雄本色。

到辛稼轩就不同了,还是"人山之恋",其口气可柔和、风趣得多:"我见青山多妩媚,料青山、见我应如是。情与貌,略相似。"他着了一个"料"字,用猜测的口气来对对方的心思加以试探,很温和、很策略,"爱你有商量"。他这一个"料"字下去,让你心里边感觉到没有被强迫,上了钩,你也是自愿的!当然,稼轩这样做,也是心中有数,因为他手里扣着一张底牌。什么底牌?"情与貌,略相似"。你青山美,我辛稼轩也美,天底下没有比我更美、更好的了,你不爱我还能爱谁呀?哦,原来他的霸气是霸在骨子里头!

张养浩,元朝人。他也写"人山之恋":"云霞,我爱山无价,看时行踏,云山也爱咱。"这是曲。他没有辛稼轩式的风趣,属于没有商量的那种,有点霸蛮;但又不同于李太白的豪气。他是什么气？流气！类似于有些人谈恋爱时的那种死缠烂打。你不嫁我？我天天来！"看时行踏，云山也爱咱"，直缠到你嫁给我为止。单相思往往有喜剧效果，估计这"云山"最后只好嫁给他。

高手就是高手，一段人山之恋，时间上从唐偷到宋，从宋偷到元，形式上从诗偷到词，从词偷到曲，明摆着的事，居然叫你"贼"捉不到"赃"，那出神入化的手段，便是"失主"李太白见了，只怕也要连说几声："佩服！佩服！"他不能不佩服啊，神意就这样叫人化去了。妙取前人神意而不着形迹，是"偷诗"的最高境界，我们应该重点学习。

这是由我的一段诗话衍化而来，叫作取前人之语入诗四法："原样搬来""剪枝嫁接""另着衣衫""化其神意"。

这是我要说的第一段。再说第二段，关于"道前人所未道"。我有一则诗话，原文是："诗以能道前人所未道者为高，以能道前人道而未至者为更高。此所谓'百尺竿头，更进一尺'者也。此'一尺'较前'百尺'，相去不可以道里计。"

诗要"道前人所未道"，这个大家都听说过。要"道前人道而未至"，这个是我说的。前人道过了，没道穿，你接着道穿，或道出新的意，才称得上"道道而未至"。这叫突破。道前人未道，当然好；道前人道过的，但是它没有至，那就更好、更难。它还不完全是翻案，而是更高一级，更进一层。

那么怎样才能"道前人所未道"乃至"道前人道而未至"呢？我有一个方法，讲出来大家都可以用。这个方法叫作"同类排除法"。就是当你选定了一个题目准备写诗的时候，先要将历史上同类题材的诗,尤其是名篇,在脑子里进行过滤;前人已经道过的,立马排除。比如说你要写梅花,那就先要了解不同时代最有名的梅花诗,凡是前人写过了的意象,就不写。不断地了解不断地排除,你才可能达到"前人所未道"。排除不了,就是拾人余唾,不会有好诗。如果前人道过了你还要再道,那就必须"道道而未至"。

回头再说写梅花诗。写梅花诗至少先得从唐朝开始排哦,唐以前的就暂且不管了。齐己:"前村深雪里,昨夜一枝开。"这是郑谷改的。本来是"昨夜数枝开",郑谷说:数枝不显其早,一枝开就够了。我们再写梅花,你就不能继续"一枝开"了,人家"一枝开"过了,你"二枝开"或者"三枝开"还差不多,但那实在是没有什么新意。所以这个要排除。

唐朝人写过"前村深雪里,昨夜一枝开"了,宋朝人怎么办?林逋:"疏影横斜水清浅,暗香浮动月黄昏。"这是最有名的两句,与那个"一枝开"就毫无关系了。林逋写了,王安石还要写啊,他既不能"一枝开"了,也不好再"疏影横斜""暗香浮动",于是各借一点:"遥知不是雪,为有暗香来。""暗香"用一点,"雪"也用一点,但都不是你们的原样了。他是……还不能说是"道前人所未道"哦,也不能说是"道道而未至",但基本上排除了林逋和郑谷,只是借了一点影子:"遥知不是雪,为有暗香来。"也是好诗。

越往后越难写,好的都叫别人写过了。但也不能说前人写了,后人就不写了。唐朝人写了,北宋人写了,南宋人还要不要写呢? 还要写。陆游的梅花诗最多,"暗香"不能说了,"雪"也不能说了，"一枝开""月黄昏"什么的都不能说了。放翁也是大才啊，看他怎么写——"何方可化身千亿，一树梅花一放翁"，多么新颖！我就是梅花。一树梅花就是一个放翁，或者说一个放翁守定一树梅花。是不是道前人所未道啊？我即梅花，梅花即我，这个就是"道前人所未道"。妙不妙，非常妙！

后来的人还要写，元朝人也写梅花。王元章："我家洗砚池头树，个个花开淡墨痕。不要人夸好颜色，只留清气满乾坤。"梅花的外在形象已经无法措笔了，就写它的内在气质："只留清气满乾坤。"写它的格。还是梅花啊。是不是前人所未道啊？是前人所未道。

越往后难度越高。到了明朝，又出来一个写梅花的大师，把诗说出来你们就知道是谁了："雪满山中高士卧，月明林下美人来。"谁啊？高启，明朝的高启写的梅花诗。他这句，就叫作"道前人道而未至"。为什么这样讲，因为陆游有了"一树梅花一放翁"的比喻，已经道过了"人就是梅花，梅花就是人"。他还接住这个话题继续写。同样是将梅花与人融为一体来写，不过他用的是"复比"，即用两个比喻："雪满山中高士卧"，梅花是高士，多清雅啊；"月明林下美人来"，梅花是靓女，多漂亮啊！跟"一树梅花一放翁"那样简单地自己给自己定位，不一样哦。高启这梅花诗就是"道前人道而未至"。这个难！陆游已经说过了人就是梅花、梅花就是人，你还要说人就是梅花、梅花就是人，你就得变，所以就变成美人高士。这种手法用在诗里面叫作"复比"。我顺带讲一下"复比"。所谓"复比"就是拿很多不同的东西来比同一个东西。像贺梅子的"试问闲愁都几许？一川烟草，满城风絮，梅子黄时雨"，用三个不同的东西来比一个，都是闲愁。贺知章的《咏柳》也是复比。"碧玉妆成一树高"，用碧玉作比，衬出柳的颜色；"万条垂下绿丝绦"，用丝绦作比，描摹出柳线的形状。用很多比喻来比一个东西，以加重它的艺术感染力。

再回到梅花。梅花都写到高启这个份上了，后人还如何措笔？为什么讲回这个事，因为我也遇到了同样的难题。今年人日，山西诗友马斗全，作了一首《人日梅花》诗叫我和。讲老实话，我得把前面提到的那些名篇名句全部排除了才能写啊，不然没法弄。不仅高启、陆游、林逋、齐己等远古前贤的不能写了，包括"她在丛中笑""雪侮霜欺香益烈"这些近世名家的也不能写了。只要是前人道过了的都不能再道了，都得排除！我这样写："与雪偕来自守时，冰怀元不要人知。多情柳眼休相觑，属意平生只有诗。"这个观点前人没说过吧？我是想"道前人所未道"呢。"与雪偕来自守时"，梅花与雪一起来，非常守时，它们应该是互相映衬的，绝对不是"梅雪争春未肯降"，绝对不是"雪侮霜欺"！雪不来梅花就不开，一起来就是友好的、和谐的。"冰怀元不要人知"，梅花的高洁情怀，本来就是不要人家知道的，用不着你去猜。"斗风雪""傲冰霜"一类，都是人们在猜。梅花本身的格不是你猜得到的。我这里也是以物喻人，我是这样的，我们每个人都是这样的。你自己的情怀，不一定要别人知道。自己知道自己有几斤几两，守住你的道德底线就行。一定要想人家来知道你，我觉得这个不好。即使有误会也不要怕，只要你是"冰怀"就可以了，别人认同也行不认同也行，就这个意思。为什么还要用一个"多情柳眼休相觑"呢，柳眼跟梅花扯得上吗？扯得上，你读的诗多自然就扯上了。"云霞出海曙，梅柳渡江春"，杜甫他爷爷，杜审言的诗。梅柳渡江，乾坤增色嘛，既然梅和柳一起渡江，那我就可以说"多情柳眼休相觑"。请你柳眼不要自作多情，不要老瞅着我梅花，我不一定喜欢你。这是写梅花"高傲"的一面。"属意平生只有诗"，梅花只属意于诗。也有出处啊："有梅无雪不精神，有雪无诗俗了人。日暮诗成天又雪，与梅并作十分春。"这不是"属意平生只有诗"吗？你要知道这些东西，就会知道我这诗的含量；你要不知道，我这诗也不是非常难懂啊。是不是啊？我再念一遍你听听看难懂吗？"与雪偕来自守时，冰怀元不要人知。多情柳眼休相觑，属意平生只有诗。"它不难懂！（掌声）别别别！千万别客气啊。我这是用排除法得来的诗，你要会排除，也能得到。

我写了一首，我太太（录者按：先生夫人周燕婷女士，当代才女）还要写一首呢。因为马斗全说要你们夫妇俩一人写一首。我太太写的我也念一念，因为是我妻子，她那个"梅花"就专属于我，而不属于别人了，也不属于诗了。她这样写："莫自多情忆旧时，千年难得一相知。孤山不遇林和靖，肯把天香嫁与诗？"（全场笑，鼓掌）我觉得写得比我的好啊，我都要认输了！她是向我表态，但把我看高了，"孤山不遇林和靖"的话，"肯把天香嫁与诗"吗？估计不会肯。"千年难得一相知"，这个很有味道啊。

道前人所未道，我是在做尝试，并不是说我的诗就成功了。我希望大家也都做做这样的尝试。这只是"道前人所未道"，还没有达到"道前人道而未至"。我也写过一首自认为"道前人道而未至"的，不妨也跟大家说说。去年我到剑门参加诗会旅游。当时有四十多个人一起去，我写了一首《剑门道中与诸子》。到剑门写诗，你首先就会想到陆游。陆游有一首名作："衣上征尘杂酒痕，远游无处不消魂。此身合是诗人未，细雨骑驴入剑门。"陆游这首诗就是"道前人道而未至"。有哪位知道他是道谁"道而未至"？想不起道了谁的吧？道了郑綮，唐代宰相的。郑綮有一段非常有名的话，大家看了就非常清楚了。他说："诗思在灞桥风雪中驴子上。""诗思"所在的几个条件："灞桥""风雪中""驴子上"。陆游问"此身合是诗人未？细雨骑驴入剑门"，就是反诘这个问题的。我现在不在灞桥，也没有风雪，相同的只有一头驴，请问宰相大人，我是不是诗人啊？他是这个意思。大家明白了吧：他是道郑綮"道而未至"。"灞桥风雪"换作了"剑门细雨"，单凭这一头驴，应该也算得上是诗人了。为什么会因"细雨骑驴入剑门"而问"此身合是诗人未"？这样问的道理何在？如果你不知道它的根由，就会觉得陆游问得毫无道理。

关于"驴子背上"这个话题，道过的人很多。蒲松龄："人疑京洛羊车里，诗在灞桥驴背间。"重复人家，没多大意思。张凤孙："直把肩舆当驴背，灞桥诗思一时新。"他去四川，坐滑竿（也就是诗中的"肩舆"）爬山，把"肩舆"当作驴背，于是觉得灞桥的诗思一时全新了。这就有点"道前人道而未至"的味道，类似陆游那个。

陆游过剑门，驴也道过了，雨也道过了，可我还得写啊，诗会交了任务的,不写人家不管饭。(笑)我怎么写?这样写:"剑门关外雨帘开,驴阵敲风得得来。能共青山相耳语,此身何是不须猜。""雨帘开",雨停了,陆游说的做诗人的条件之一我没有了。他一个驴子独行,我四十多人坐车同去,这就有了"驴阵"之说。因为张凤孙"肩舆"都能当驴背,我坐车自然也能当骑驴。四十多个人结成"驴阵","敲风得得来",很气派哦。后边两句是我得意的。什么叫"能共青山相耳语"?我旅游的时候不太喜欢跟大兵团走,经常独自走开,寻一条小路,去听山林当中的元始之音:风声、水声、虫声、鸟声……我觉得身处自然怀抱,聆听元始之音,就是在跟青山"耳语",说悄悄话,相互往外掏心窝子里面的东西。人生至乐,莫过于此啊!"此身何是",能否称为"诗人",已经不重要了,还猜它干吗!借着陆游那个是不是诗人的问题发感慨,请大家看看,算不算"道前人道而未至"?这首诗曾经发到网上,很多上网的诗友应该看到过。说好话的不少,包括仰斋老,看了以后也认为"可成诗式"。这当然是奖饰我,鼓励我。我不敢就此满足,"道前人道而未至",还得继续努力。

几点了?哦,还有十几分钟,那我再讲讲。我在打印这份文件回来的时候,跑到楼上喝了两杯酒,还专门和我们的黄书记"为庆祝戒酒成功"干了一杯。他问了我一个问题,关于应酬诗方面的。我也看了一些作品,包括我们八桂换届选举很多人写的贺诗。我就说一说应酬诗。

我有一段诗话:"应酬诗非不能作,作宜认真也。应酬不是应付,总要有些个性方好。以赠答为例,若一首诗如通用礼品,可以赠张三,亦可以赠李四,则此种诗大可不必劳神去作。须得赠老者以杖,赠少妇以裙,赠童子以饼,方可为之。"诗要讲究个性,用送礼打比方,我送给钟老的如果是一条裙子,肯定不行,裙子只有送给黄小甜;送给钟老的最好是一条龙头拐杖。如果来了一个小孩,我就可以给他一块糖或一块饼。送什么,要看对象。所谓通用礼品,就是八月十五送月饼,正月十五送元宵,送谁都行。你写八桂风光,就只能祝贺广西诗词学会换届;不能换一个题目,又用来祝贺山东诗词学会成立。写什么就是什么,此地此时此物,此会此情此景,不可移易。做不到这一点,你的诗就是通用礼品,就是大路货,没有价值,或者价值极低。像某些人写"大庆"诗,先来"风雨征程七十年",接着"风雨征程八十年",再过十年又可以"风雨征程九十年"了。换个数字就行,岂不容易? 这就是应付!应付非诗人之所宜。

下面说一说我写应酬诗,怎么不应付。

我的朋友曾邀我到浙南去看山,我作了一首《癸未元宵前二日,友人约赴浙南看山,车中有作》。我先念念这首诗,再来讲如何切题切意:"喜赴清风约,携春过北江。不知山态度,先与月商量。月道亏将满,山应翠覆苍。明朝逢卫八,杯酒尽吾狂。"首句点明关系:朋友是清风,我是赴约。次句"携春"扣住时令,"北江"扣住出发地。三、四句,因为是应友人之邀去看山,不知道山对我会是什么态度,所以先与月亮商量一下。月亮说"我很快就满了",显然答非所问;月亮不说,对山的态度就只好猜了:山应该是绿色覆盖了苍色吧? 一个是确定的:"月道亏将满";一个是不确定的：“山应翠覆苍”。正是这一实一虚的“亏将满”“翠覆苍”，暗扣了“元宵前二日赴浙南看山”的关钮。中间两联，全是回环式流水，一气把看山前的全部心理状态写出来了。这种手法，古人的律诗对仗里没有，只在绝句里边有过，如前面说到的“有梅无雪不精神”。“明朝逢卫八，杯酒尽吾狂”这个结尾，是借老杜《赠卫八处士》中“人生不相见，动如参与商……主称会面难，一举累十觞”的诗意来照应与朋友的关系，收束点题。

　　这是应酬诗，但不是应付诗。它有极强的个性，限定了只能写“元宵前二日浙南看山”。中秋前二日也会“月道亏将满”，但不会出现“山应翠覆苍”；那个时候是“山应苍覆翠”了。在“元宵前二日”这个特定时间里，也只有江南的山会有“翠覆苍”的变化，换成东北的山，早着呢。每一个字都有它的独特用处，这就是所谓个性。

二 趣味篇

西湖诗趣

酒引

东遨住白云山，日与松筠为友，裁云扫露，无事而忙。一日忽接长安魏子新河电话，谓近在钱塘疗养，孤山做伴，西子为邻，更得一诗痴钱王嗣明锵时来邀醉，其快神仙不如。末云："弟拟留二日，兄若得暇，可效张宗子来湖心亭浮三大白而别。"余客秋在长安，曾与新河市饮竟日，视李白刘伶为"末流"，狂意未尽；此后约也，敢不如命？遂语内子梅娘曰："新河在杭州有'难'，不容不即赴援。"于是登车竟发。出韶关、越郴州、过衡岳……一路心痒难禁。未及半程，先以"伊妹儿"（英语音译，即电子邮件，此处指手机短信）诗达之曰：

> 各抱天堂梦，来寻异地缘。
> 好凭新眼目，同赏旧山川。
> 北斗堪君摘，西湖或我怜。

长堤一壶酒，未可让人先。

须臾，即悉新河和作：

长安一杯酒，万里武陵缘。

高格空群马，雄才汇百川。

湖山非我有，花月待君怜。

相讶凭何物？因风数句先。

浅揣其意，竟不似以酒约。翌晨，车近衢州，余恐新河因诗忘酒，复以一律提醒：

一夜飞车疾，云山次第过。

欲寻秦旧梦，来访魏新河。

顾忌杯前少，情怀别后多。

西湖好风日，容与细吟哦。

新河只回四字："我来接尔。"盖其心中自有铁底也。午刻抵杭，则相迎者新河而外，更有故交林逋后崇增及明锵特使杜陵枝、琳瑛在焉。小杜告云，杭州另有一诗团在，钱公分身无术，托为代迎。见崇增，余大喜过望，酒战中又多一敌国，此饮能不快哉？

是日豪饮，果不言诗。初饮于湖畔，次饮于市府，会饮者皆众。酉刻后，余与新河、崇增移师钱府，央主人另设杯盘，挑灯再战。未数巡,主人先不济,逃阵前仍不失从容,徐徐语客曰:"连日会饮,不及兄等生力军,容稍歇。酒库在咫尺间,足供兄等一醉,欲饮可自取。二楼有客房,醉后便睡。"言讫,一步三摇,踉跄而退。

主人既退,小天地属余三人矣。于是大杯来、小碗去,黄白兼浮,得尽平生之快。是饮也,虽未达苏子瞻既白东方,却也过周扒皮鸡鸣夜半。所饮几何不知,但闻次日钱公言:"酒库中少了一批存货。"当夜有诗致三子并及先余来杭暂未晤面之张岱裔文廉:

> 诗星未去酒星临,缘比孤山处士深。
>
> 得伴梅花何况月,已通心曲不须琴。
>
> 风尘与子杯中洗,霜雪饶他鬓上侵。
>
> 待共西湖先约定,明年佳致要重寻。

酒为诗泉,尔后颇多诗趣,皆赖此为源也,故先及之。

诗澜

西湖之胜,天下无双,历代文人雅士,为彼倾情者众矣。我辈俗人,又何能免俗?翌日崇增宴刘征老于楼外楼,二三子随侍。小酌罢,便拟游湖。刘老以随团不便久离辞。余等遂赁舟冲雨而出。初议联句,新河以"山横三面黛,雨挂一帘酥"出,"亦奇"先占,众不能踵。明锵又时遭电话干扰,加之湖上风光,目不暇接,一时焉得心思琢句？事遂寝。余后虽有补作，亦惧新河"雨势"，不得不以"月夜"虚拟之。诗未佳，丑呈如次：

> 留得杯前兴，偕游意与俱。
>
> 夜清闲及鹭，人淡乐知鱼。
>
> 点月波心白，鸣箫座上苏。
>
> 尽藏欣共适，况复在西湖。

诗"疯"不在湖中，而在湖岸。午后四时许，明锵往陪另团，留杜陵枝为我等游导。陵枝又约得另一"遄后"林峰来，假座孤山下一雅室，相与品茗观湖，拈诗斗韵。时小雨初收，斜阳漏隙，湖面如新镜初磨，岚光掩映，不尽宜人之态。余先得二绝云：

> 西湖为我献晴柔，我答西湖茗一瓯。
>
> 不向敬亭山下坐，与君相对亦风流。

> 难剪湖边一寸波，两年三到又如何？
>
> 心中独吃林逋醋，亲近芳姿比我多。

前首倒也罢了，次首却引起崇增异议，当即反驳云：

> 吾祖风流属旧闻，梅花而外不谁亲。
>
> 西湖只作邻居看，莫把痴心错度人。

孤山处士得后人捍卫,不容攀比,余无奈,只得请出"不为五斗米折腰"之陶令壮胆,复作一绝以脱自缚:

> 别有风情似楚骚,勾心月与断魂桥。
> 若教斗米成西子,不信陶潜不折腰。

此言一出,众始解颐。新河先坦承:"吾腰早断。"二林一杜亦相与颔首。"折腰"之说遂成共识。诗"疯"至此,理应收缰,余不合又抛一砖,引发后来波澜无数。此砖云:

> 别后常从梦里追,岂知相见更难为。
> 眼前都是风流子,一个西湖嫁与谁?

是题以前不曾想过,一经提出,便难煞人。事告明锵,彼先有方案传来:

> 天下风流几使君,争相来拜石榴裙。
> 但将苏白双堤界,各得春光一二分。

新河以为不甚合理,也献《分湖一计》:

> 白苏杨赵四堤横,分割湖身五份成。

从此里湖供雅集，钱熊林杜莫相争。

二计俱把自家撇开，让他人做"刽子手"，自然难以通过。新河旋亦察觉不妥，又赋《代西子言》曰：

也从心底爱群才，无术分身慰汝怀。
省识四时颜色好，诸君何必一齐来？

既得"西子"出声，众议皆息。至晚，新河"留二日"之诺已践，将离杭归去。临行，赋一绝为别：

满城灯火照离人，抛下钱塘十里春。
一个西湖元属我，从今日起送诸君。

新河为空军飞行员，年年例有疗养，杭州乃其常疗之所，故有第三句。莫看他如此洒脱，实则心中亦有不舍也。余度其意，回赠一绝以壮行：

钱塘小聚续前缘，休叹归程在我先。
昨夜已闻西子语，年年陌上有花钿。

无何，崇增亦接家中急电，连夜驱车返浙东，小团遂散。次日，"余粒"并入诗会大团，赴东阳访"马生"，另谋高会。西湖诗趣,得告一段落云。

余波

东阳为浙中别胜,因宋濂《送东阳马生序》一文而大噪名声。余随团往访,车中寂寞,心念山荆,遂将西湖戏作传往五羊,欲博芳心一笑。焉知博笑未成,反招其恼。盖行前彼欲偕来,终因教务繁忙未果。此刻见余痴恋湖山,颠狂若是,焉得不生醋意? 一霎便遣"伊妹儿"来,婉为规讽:

> 抱憾西湖第几回? 风流才俊莫心灰。
> 佳人千载犹思嫁,说与东君肯做媒。

并有批语云:"所作唯送新河一首可读,余皆俗不可耐。"

余猛省"一个西湖嫁与谁"之句,语含轻薄,于丈夫辈斗趣固不妨,语吾妻则有所忌。彼云"俗不可耐"者,适得其理也。然余心虽折,口犹不降,旋占一绝答曰:

> 自是诗家乱点题,不成真个娶湖妻?
> 莫因嫁了林和靖,便说梅花格调低。

余将二诗遍示同车师友,众皆乐。独钱君惶惶然,谓身为"东君",何曾想过"做媒"? 央余曰:"必为我告嫂夫人,明锵不造此孽。"前辈诗家兰州袁公第锐则激赏余后二句,谓燕婷读此,必转怒为喜云。智者所料,果不其然,俄顷,婷诗又来,满壑愁烟,早化为和风丽日矣。诗云:

> 莫道多情太可怜,为诗为画做因缘。
> 梅花西子休生怪,留与痴人作梦圆。

诗后另附小语:"何时归来?大门铁锁已换,顺告。"
余读诗喜极,恐其复生余虑,又画一蛇足以慰之:

> 何来闲趣学林逋?此地山孤梦也孤。
> 共剪小梅窗下烛,心中另有一西湖。

婷得此"足",不知恼怒何似,二十字如闪电飞来:

> 冷眼风流子,轻狂第几回?
> 梅花一夜雨,思悔下瑶台。

一盆冷水当头,余初时真不解何故;略一寻思,"知误会前番书语"矣。吾妻柔情似水,疾恶如仇,岂容得吾"心中另有一西湖"哉?危机来也!余情急智生,即时调整原诗"后足",易以"共剪云泉居下烛,小梅窗是我西湖"寄之。改后之诗,殊无含蓄,然在此时,却为救急良药。二句发出,杳无回音。余知此"药"见效焉,那厢必已破涕为笑矣。"云泉居"乃余之巢,"小梅窗"是妻别号,焉有错会再生耶?今而后余知为诗,有时雾里寻芳好,有时开门见山好,未可执于一端也。

大"余波"至此方息。同赏者,前及钱、袁二公而外,更有刘公征、叶公元章、蔡公厚示、梁公东以及晨崧、文廉诸子。

别趣

余留东阳一日而还。至家,又有小"余波"生焉。此小"余波"者,即婷前所顺告之"大门铁锁已换"也。余有门难进,心中未免"丁冬",无奈何只好又劳"伊妹儿",打一油云:

> 千里车兼日夜程,到家先吃闭门羹。
>
> 西湖此际知何处? 央遣黄鹂报一声。

过无片时,廊外"得得"声起,视之,是"我西湖"分花拂柳而来也。及见余,乃笑问曰:"呆郎,何归之速耶? 江南眉眼盈盈,甚地不和春长住?"言讫,夺过行囊,飞身上楼而去,身后撒来"咯咯"笑声一串……至此,余始知适才"丁冬",又成蛇足。前贤谓"人生得一知己足矣",邈也何人,既得知己,又得贤妻,此生复何憾耶?

壬午暮春三月十八日宁乡熊东遨于求不是斋西窗

春前一片"鹧鸪"声

　　岁末的羊城，虽不似北国冰封雪裹，但在冷空气的侵袭下，也有了不浅的寒意。冬至后五日，诗友吴智妙居士自浙江雁荡山来访，引发了国内外吟坛"鹧鸪"声一片，不唯抖落了羊城的寒幕，而且使寂寞了多时的诗词界，在经历过严冬的洗礼之后，也渐渐有了些生机。

　　发起人是内子，她在欢迎智妙的家庭宴会上，乘着酒兴填了《鹧鸪天》，以她特有的形式，表达了对客人的尊敬与情感：

　　信道随缘即是缘，初逢恰值腊梅天。云多芳意成新雨，酒趁闲情试小寒。　　花有序，梦无边，人潮法海两相关。红尘莫问真耶幻，自有心灯照百年。

　　这首词颇得智妙欢喜。此前我也写了一首五言律，大概是男女有别的缘故吧，我那首自信并不是太差的诗，客人却没有表现出多大的兴趣来。拙诗是这样写的：

> 喜见云中雁，天南偶一过。
> 遥知灵翼展，自具慧心多。
> 俗世随缘分，清居掩薜萝。
> 明朝有离别，不碍念弥陀。

"云雁"抵不过"鹧鸪"，细想来也有几分道理：燕婷的词中，"腊梅""新雨""美酒""心灯"，一应俱全，要有尽有；而我那诗里，"云雁""薜萝"而外，只剩得一声"阿弥陀佛"。一边热闹，一边清冷，换作我自己去选择，那结果也是不问可知的。好在我着了"随缘"二字，此刻便真的随起缘来，跟着客人一道，去趁那边的热闹了。

"鹧鸪"衔着短信飞到西安，孤飞云馆"馆长"魏新河见了，很快一顶高帽子便送过来："字字精妙，禅意、诗理俱胜，'花'之序，'梦'之边，新颖至极。"临了还不忘带上我一笔，"足令乃夫缩首，虽其惯以情理相生见长，对此亦当让一头地。"还扬扬自得地宣布："可将此语转致东遨，我不忌也！"这个可爱的家伙，贬中带褒，想叫我有苦难言。不过他一时疏忽，将"缩手"误作"缩首"，被我踩住了小尾巴，在那边自己罚了三杯酒。罚完后飞来短信说："今天做了一回不御座的外宾。"

燕婷随即又将她的"鹧鸪"派送给了天津曹长河，想让更多的诗友分享自己的乐趣。

第二天一早，新河先有和作过来：

解道无缘是有缘，回头恨海与情天。于无法处知行止，当悟
空时识暖寒。　　星色外，月灯边，大千万相总相关。不知参透
浮生日，知是他生第几年。

看他在"情天""恨海"中铺开"星色"，支上"月灯"，那架势似
有一番轰轰烈烈的举动，谁知偌大场面，只是被用来参禅悟道。
大材小用，在新河身上可算是统一了。不过能"于无法处知行
止"，大智慧未失，足可予人启迪。

不忿于新河的"缩手"之说，我也踏着元韵和了一曲：

践得三生石上缘，半由人事半由天。风摇苑竹矜高节，雪映
窗梅识浅寒。　　烟渚外，柳桥边，忆曾偕听鸟关关。赋闲滋味
知多少，写入心笺又一年。

我这一首是专门写给燕婷的，只能说些夫妻间的琐屑，执着
于情缘，自然没资格去参悟禅机了。写成后我又"克隆"出两羽，
分别放飞到了天津和西安。

新河那边一时没了反响，我猜他或许正在为说过"缩手"而为
难吧。长河却挺慷慨，很快便差"伊妹儿"送来了一碗"甜米汤"：
"和得自然，果然是大手笔。"跟着，他自己的一只"鹧鸪"也飞过

来：

求在辛勤悟在缘，邪门正果不由天。怜花惜月通禅境，问道参诗抵夜寒。　　生有限，苦无边，追根忘我两相关。慈航法慧皆难度，彼岸遥遥已暮年。

看着北方的"鹧鸪"联翩飞来，我的手又痒痒了。于是就着老曹的意思，试着再放飞了一只：

了却从前债与缘，居闲幸得自由天。梦从劫火烧中醒，心在流风吹下寒。　　邦独立，策多边，圣贤事与我何关？开轩喜见潇潇雪，收拾盘飧好过年。

这当然算不得什么好词，只是略吐衷肠。此"鸟"放出，自然不敢和"魏武之子孙"捉对厮杀，稍事虚张之后，便偃旗息鼓了。

不料古长安那边沉寂了一阵的"魏无忌"，这当儿突然发难，接连放出"双机编队"来：

真与伤心有凤缘，最难排遣艳阳天。月从人去经常缺，梅在春来独自寒。　　生有限，恨无边，此生难过是情关。蕉心不为东风展，伴得新愁过旧年。

结得词缘与酒缘，更兼缘结九重天。愿因诗法浮千白，为有心光敌大寒。　　　门不二,法无边,可堪情字太相关。伤心原比常人倍,况是伤心过十年。

　　这是一对进入了状态的"疯鹧鸪",情已近痴,不好惹的;我只能避实就虚,瞄着他"伴得新愁过旧年"的空档,回敬一束"橄榄枝":

　　信是今生有别缘,北南同戴大罗天。联吟网上诗情激,独酌花间酒味寒。　　　秋影外,曲江边,那时心户不曾关。一樽洗尽胸中浊,莫遣闲愁到隔年。

　　前年秋天,我去西安旅游,曾假座曲江之滨,和新河对饮终日,肝胆尽倾。词中旧事重提,聪慧如新河,其寓意岂有不明白的? 不过我也有一点担心:假使"无忌"老兄只是"为赋新词强说愁",我这一茅扫把过去,可就出洋相了。
　　正在我心怀鬼胎的时候,天津卫那边又有了新"敌情",这是长河转来的北京李茂林先生的和作:

　　万物循环各有缘,丰功岂可划人天。禅心我自随花落,宿愿他生伴酒寒。　　　愁海际,恨云边,青牛无处认函关。若遭后日虫沙劫,应是陈冤未了年!

　　"鹧鸪"叫到了天子脚下,这是太平盛世才有的景象。只可惜我和李先生素昧平生，一时没有胆量放对，于是将错就错按照新河的意思，结实缩了一回"首"。

"免战牌"高挂，外事算是平息了。不承想这时候燕婷忽然心血来潮，硬是把我拉进她的《鹧鸪天》：

白首相期结厚缘，人间毕竟有情天。禽声总是欢时好，月影还怜别后寒。　思梦外，立花边，一花一梦岂无关。已知梅探窗前雪，似见春光胜旧年。

此作心地一片清凉，不唯倾注了无限柔情蜜意，而且充满着十足信心。她的《鹧鸪天》，本是为欢迎智妙而唱，谁知唱到后来，竟内销到了自家人身上。妻子的温柔，激发了我的男子汉气概，当即用豪语回应了她一首：

雪与梅花有素缘，何分北地复南天。人从燕子来时瘦，事向狙公散后寒。　风剪尾，月裁边，如今都不算难关。盘空一曲弹谁听？恨隔东坡九百年！

燕婷读后不置可否，只笑笑说："你们男人，怎么一个个都这样霸道？"我知道，在她的心里，总是比较喜欢柔婉的那种。我这支曲子，已经不大适合用《鹧鸪天》来唱了。但愿朋友们看了，不要把两只"鹧鸪"的不同鸣叫当成"窝里斗"才好。

二河以后又各有飞电过来。长河飞的是半只鸟儿，说是残缺后补——天知道他会补出什么撒手锏来。词虽只有半阕，却能给人一种世事洞穿的感觉：

知是仙缘是孽缘，落花心事葬花天。诵经怎赎从头罪，礼佛难逃彻底寒。

…………

新河也摆脱情困，闯入了"禅"的境界：

枉结今生半世缘，廿年误我是云天。途迷凤阙三三道，身共梅花九九寒。　　人海外，月轮边，转从寂寞悟禅关。一朝解得穷通理，浩荡春光万万年。

这回是燕婷应战。女将上阵，单挑高手，有几成胜算实在难说。好在她心思灵巧，不从正面涉及人家的话题，只抱住一把瑶琴，怡然自得地在那里自弹自唱：

收拾来缘与去缘，岂凭心史怨人天。时花百万红谁见？弱水三千饮自寒。　　山有尽，海无边，情山恨海枉交关。水中花月何寻处？况复人生有限年！

二河很大度，并不计较燕婷的招数正不正规，各自发表了一通外交辞令之后，便收兵还朝了。第一轮"战事"，至此告一段落。

翌日我应友人之约去白云楼饮茶,车上无聊,又踏着"鹧鸪"脚印走了一圈,接连捕得鸟儿两只:

　　自与人生结善缘,敢将愁绪做成天? 欲偕和靖孤山隐,真爱梅花一树寒。　　棋局外,酒壶边,不须惆怅说公关。升平领略成滋味,差似乾隆六十年。

　　结得前贤异代缘,闲斋自守一方天。卷中馨气分吾暖,庑下霜风任彼寒。　　天有限,井无边,者般坐看又何关? 时人莫笑荒唐甚,真正荒唐是昔年。

　　我的"双机"主动飞向了天津和西安。或许是因为学习实在太忙,长河宣布不玩了。"照会"辞令却写得很漂亮:"如此捷才自愧弗如,债务容后偿。"把我的一步三计式的毛草说成是"捷才",曹老哥也怪讨人喜欢的。新河那边则立马有了反应,两架"新型歼击机"一霎便在我的头顶上空拉出了七彩烟花:

　　灿烂星河无尽缘,一枝栖息在青天。满身昨夜星辰色,两袖千秋霜露寒。　　明月畔,白云边,红尘与我已无关。悠然自赋游仙句,不识人间鸡犬年。

　　了却红尘一段缘,扪心得失问诸天。山林抱玉怜三献,日月行空省一寒。　　犹梦里,尚吟边,匆匆不觉又年关。诗人岁暮无他事,作了新词便过年。

二词极具特色,单看那"满身星色""两袖霜寒",便知不临其境者无法措笔。幸亏我也在空军部队混过近二十年,干的又是摇笔杆的新闻活儿,与飞行员们也算有过不解之缘。脱下戎装快二十年了,心中情结一直未消。这回被新河重新撩起,忍不住要借"鹧鸪"当空一吐:

不识今生得甚缘,与君同闯是非天。有时见月排云出,便似吞团带露寒。   河未渡,也沾边,几回梦里咬牙关。莫嫌此际颅飞雪,阿福当时亦少年!

新河没了回音。估计一两天内还会有消息来,不过应该是"和平信使",因为事实上我已经插上了"白旗"。

北边的"战事"平息了,江南山柔水媚之地,却又风云突变,热闹起来。先是老友钱明锵双舰巡洋;接着是杜琳瑛三星照壁;最后是一位不曾谋面的小友林尚风独骑闯关。他们的"鹧鸪"各具特色:明锵是亦刚亦柔,情景交汇;小杜是芳心可可,幽恨绵绵;尚风则是气定神闲,别有怀抱。我一家说了不算,今各录其一如下,供好事者评判:

翰墨相交莫逆缘,催诗同乐劫余天。西溪明月迎佳客,吟苑香醪却暮寒。   窗影下,假山边,诵声朗朗鸟关关。西湖诗趣多回味,遣送流光过马年。

钱明锵

不恨红尘未了缘,花开花落任苍天。芳心自此休轻许,傲骨从来不畏寒。 情易逝,道无边,凭谁算计靠机关。孤灯日日为良伴,莫叹吟诗晚十年。

杜琳瑛

默守琴床不问缘,醉醒都适卷中天。风清竹梦开诗境,雪薄梅梢酿夜寒。 青草岸,绿云边,最难水月是情关。春心已共秋霜烬,顾影怆然又一年。

林尚风

十八路诸侯,正斗得难分难解;忽又闻西北角上喊声震天,半路上杀出了个程咬金——原来是天山星汉撕风卷雪,放出了一只硕大的"雪鹧鸪"。只见那家伙一路冲关破塞,顷刻间便到了白云山上空:

幸结诗词万里缘,手机短信越蓝天。心翻大漠流沙荡,气压天山飞雪寒。 家久住,夕阳边,夜光杯不过阳关。岭南旧雨如相问,未减粗豪似去年。

食牛羊肉的地方出来的,果然牛气冲天与众不同。不过牛归牛,表现出来的感情却铁得很。遗憾的是,我的囊中已空,实在拿不出什么礼物来答谢老朋友了。没奈何只好施展"妙手空空"故伎，从前人那里"借"了些出来，拼装了一只"电子鹧鸪"飞向天山：

结得梅花一笑缘，心随明月到胡天。林间暖酒烧红叶，雁阵横空送早寒。　　穷措大，老支边，断肠声里唱阳关。消磨岁月书千卷，一事能狂便少年。

这下闯了大祸，惹得戴复古、皇甫冉、白居易、陆游、符造、贾逸夫、李商隐、张耒、王国维一齐喊打。祸事临头，这才想起新河有先见之明，人家早就提醒过我要懂得"缩首"；可我还认为"首"字是笔误，自作聪明地要改成"手"。结果不听好人言，吃亏在眼前，被元老们打得鼻青脸肿。事到如今，这"首"，便不想缩也得缩了。

四面的"鹧鸪"声已经连成了一片，可引起本次事端的吴智妙还未见出场。一些人不忿了，说一定要把这"小尼姑"揪出来示众。其实智妙只是在家居士，并非陈妙常一流人物，"小尼姑"云云，不过是某些"大脑袋"的想象而已。这称呼虽不怎么地道，但陌生者急于了解她的庐山真面目，发挥出些想象也情有可原。有人显得文雅些，说能引动燕婷题赠的角色，人物、诗才定是一流的，有机会倒要拜会拜会。我把这些情况一连用五条短信发给了智妙，希望她有所回应。当真是"千呼万唤始出来"，直到本文将要杀青的时候，人们才听到雁荡山深处传出来一声"行不得也哥哥"的长啸：

解得无缘即妙缘,体真悟性出人天。清泉朗月相知洁,始雪陈冰不觉寒。　　尘有限,净无边,不须牵挂最相关。灵台无住何拘碍?一语弥陀自忘年。

什么叫"不鸣则已,一鸣惊人"?听了这一声"棒喝",我相信大家已经有了答案。此作散发之后,四周出现了暂时的沉寂。我想,吟友们或许在思考:究竟什么才是"缘"呢?

最高兴的还是燕婷,她说,这"缘"是她首先用线牵起来的。

还有一大批"鹧鸪"在等着以各自的方式和鸣:南宁萧瑶、河北王玉祥、海南周济夫、南京钟振振、沪上杨逸明、山右马斗全、香江黄坤尧、马来黄玉奎、纽约周荣……然而新年的钟声马上就要敲响,等到更多的"鹧鸪"声传过来的时候,应该是明年春天了。

壬午一年将尽夜宁乡熊东遨于求不是斋南窗

妙手空空话"偷诗"

王禹偁的自我解嘲

王禹偁被宋太宗赵光义贬到商州去做团练副使,心情很忧郁。这天晚上,他睡不着觉,便找了一部《杜诗》来解闷,当读到《绝句漫兴九首》之二时,不觉眼睛一亮:

> 手种桃李非无主,野老墙低还似家。
>
> 恰似春风相欺得,夜来吹折数枝花。

这不正是自己要说的话吗?由杜甫这老头儿说出来,也算是出了一口鸟气。

王禹偁得意了一阵,忽然觉得有点不对劲:自己的气为什么要借别人的口来出呢?干脆我也来一首,别让老杜一个人风光。他提起笔来,刚写得两句,便被一个声音打断了:"造船不如买船,买船不如租船,租船不如……"他想想也对,有现成材料不用,岂不是傻瓜一个？便索性一不做二不休，操起剪刀从杜作上裁了两枝下来，略为去掉些枝叶，然后嫁接到了自己的《春居杂兴》上。不错，一点痕迹都没有。王禹偁情不自禁地吟出声来：

两株桃杏映篱斜，妆点商州副使家。

何事春风容不得？和莺吹折数枝花。

几乎没费什么劲，姓杜的诗就姓了王。王禹偁兴奋得更睡不着觉了。第二天早上，他赶忙把诗拿给家人看。儿子嘉祐看了一会，说："老爸，这后半截怎么越看越像杜甫呀？""像杜甫？不可能吧，我和他可是从没有打过交道哩！"王禹偁放出一脸的茫然。儿子没法，只得提醒他："杜甫是唐朝人。"糊涂不好再装，王禹偁狡黠地一笑，自我解嘲说："我的诗竟能与前贤暗合，这可真没想到。"说罢，还得意地吟出两句来："本与乐天为后进，敢期杜甫是前身。"——他是无论如何也不肯承认在杜甫那里偷了诗的。

平心而论，王禹偁的这两句诗，比杜甫的并不逊色，某些地方还略胜一筹。杜诗只吹折了几枝花，王禹偁的连鸟儿都吹走了。他大宋朝的"春风"，比唐王朝的还要狠。

王禹偁这次胜出的原因，是他悟出了巅峰上的高枝难以超越的道理，只在半山腰上取材，没有拣杜老头儿最高档的精品偷。如果他的心太贪，把"两个黄鹂鸣翠柳，一行白鹭上青天"也顺手牵来，改成"两只乌鸦啼黑柳，一群麻雀上蓝天"，那就很不妙了。

第三只手写诗

　　方岳在南宋小朝廷当过几年"中级干部",因为不肯拍贾似道、丁大全之流的马屁,四十岁不到就被摘了乌纱帽,下放农村"劳动改造"。他写诗与刘克庄齐名,偷诗比刘克庄厉害。

　　方岳置闲以后,写了大量以农村生活为题材的诗。《农谣五首》是他的代表作。其五云:

> 漠漠余香着草花,森森柔绿长桑麻。
>
> 池塘水满蛙成市,门巷春深燕作家。

　　这首诗写得生机勃勃,情趣盎然。尤其是最后两句,历来为人们所称道。然而你可曾想到,如此妙句竟是方氏用"第三只手"写出来的? 它的版权,最初属于北宋的陈后山陈师道先生。陈的原句是:

> 断墙着雨蜗成字,老屋无僧燕作家。

　　你看两诗在结构形式上咬得多紧:你下雨,我便涨水;你蜗牛爬,我就青蛙叫。下联更是"似曾相识'燕'归来",同样在那里絮窝(作家)。如此偷法,当真有点胆大包天了。然而,两幅画面给人们的感受,却又是那样的截然不同。陈后山想找方岳打官司,理由只怕还不怎么充分。你是一幅苍凉破败的"田园图",人家是一幅生趣盎然的"乡村风景画",硬说版权是你的,哪位法官敢断?明偷暗抢,巧取豪夺,方岳做"贼",可算是到家了。方氏另有《春寒》一联,也是用嫁接手段偷人家的:

客又不来春又老,一帘新雨杏花寒。

此联的"母本",是唐代戴叔伦的《苏溪亭》:

燕子不来春事晚,一汀烟雨杏花寒。

方岳这次只悄悄地将戴叔伦的取景镜头掉了个头,由郊外的烟汀,转到了帘幕前的庭院。这样做,杏花也许会减少那么几株,不过距离近了,看起来会更清晰。发一通"客违春老"的感慨,引起人们一阵情绪波澜,便不会注意那小东西。经过这样一番精心策划,方岳又胜了一个回合。

方岳也有失手的时候。一次,他偷了唐代牟融《陈使君山庄》中的"流水断桥芳草路,淡烟疏雨落花天",匆忙中不及掩饰,只将"飞絮游丝"换下了"流水断桥",便塞进了自己的《题八士图》。结果被人看出破绽,说他"肿了半边脸",羞得此公好长时间不敢见客。这事当然怪不得别个,谁叫他不见好就收呢?

古寺深山偷不去

诗有被一偷再偷,形同炒卖,最后仍能留得几分面目的。唐诗人马戴就是这样的幸运儿。他在《寄终南真空禅师》中,写过一联妙对:

松门山半寺,雨夜佛前灯。

这是一幅极闲、极静、极冷、极疏的画面,体现了出家人与世无争的精神境界。宋代大诗人陆游见了心里发痒,也不同和尚打招呼,仗着一身技艺便做起了豪客。他首先撞响了寺门口的"钟",接着又摘下了那盏"佛前灯",将其挂在自己常去的"酒家楼"上,然后祭起一阵"风",放满一湖"水",从外部环境上做出些改善,这诗就打上"放翁"的钤记了。证据见于他的《夜步》:

风递钟声云外寺,水摇灯影酒家楼。

这事当然瞒不过后人的眼睛。明代邝露一见就知道它来路不正,于是也来个照此办理。不过他自知名气不及放翁,不能那样明目张胆。"钟"是绝对不能敲,"灯"也得全部吹熄,最好是乘着月光驾一叶扁舟悄悄行事……他也不要多的,只剪了马戴原先的十个字,陆放翁镶的那个边仍给他留着。这十个字,嫁接在邝氏的《洞庭酒楼》上：

> 晚虹桥外寺，秋水月中槎。

后来到了清朝，王渔洋写《泸州登忠山》，也顺手牵羊把这一联牵了去。他是大白天作的案，因考虑到自己的大宗师身份，所以放出了一些烟雾作掩护：

> 青山烟外寺，黄篾水边楼。

晚于王渔洋的俞印万，见了这场面也想分一杯羹。可他是个懒汉，不肯跑到前朝去，于是就近把王渔洋的截下来了。他是有心计的人，也不似渔洋先生那样讲身份，所以在下手的时候，故意仿效陆放翁撞响了"钟"声、点亮了"灯"。如果有人抓贼，他会马上大喊："偷诗的不是我，是王渔洋！"他的"赃物"，早随着《舟行》走了，人们只隐隐约约看到：

> 钟声烟际寺，灯影水边楼……

近人敬安先生（八指头陀）不甘寂寞，也向这诗伸了一次手。他偷得从容不迫，很有绅士风度，还专门用来作《秋夜怀王伯谅》，根本就没打算瞒谁。请看他悠闲自在的表现：

疏钟云外寺，落叶雨中山。

一联古诗，千余年来你偷我抢，不断地乔装打扮，都想把本来面目掩饰起来，但深山之中，总是有和尚出来挑水……

只要古寺存在，就改变不了这种状况。我们，以及我们的后人，还要不要再偷呢？

"神偷"与"俗手"

清代是"偷诗业"最为发达的朝代。上自王公大臣，下至黎民百姓，都有操此业的。偷的人多了，自然就有了"神偷"与"俗手"之分。

好偷而又不谙其道的，沈莲溪要算一个。他在写《南中春暮》时，很想尝尝剪枝嫁接的滋味，因不识天高地厚，竟选了唐代张泌《洞庭阻风》中的"青草浪高三月渡，绿杨花扑一溪烟"来做实验。张泌这诗要是那么好惹，就不会称为"千古名句"了；仅一个"扑"字，就让人从唐朝一直望洋兴叹到现在，你沈先生要能扳过来，那明天就可以看到西边出太阳了。果不其然，沈莲溪拿了这"魔方"，弄来弄去总也玩不好，捣鼓了半天，只弄出个"燕子桃花三月雨，河豚柳絮一溪烟"来。叶徒相似，其实味不同，闹了个灰头土脸。

令使沈莲溪羞愧欲死的，是康熙年间一位名气并不很大的诗人史夔。他属于那种从不轻易出手的"妙手神偷"，一旦出了手，就是窦尔敦盗御马——朝野震惊。最著名的案例,莫过于他偷明代徐祯卿《简唐伯虎》中的诗句来作《赠李解元鹗君》了。徐氏的原句是:

数里青山骑犊醉,一床黄叶拥秋眠。

这诗写得极为风流潇洒,淡远空灵,当时就被誉为"无上妙品"。打它的主意,无异于太岁头上动土。但史夔是"姜太公在此,百无禁忌",他既要做人情,又不想花血本,便趁机做下了这桩"没本钱的买卖"。诗一划到他的名下,立即就贴上了新标签:

一瓮白云邀月醉,半床黄叶拥秋眠。

他也真够绝的,为了掩人耳目,干脆"山"也不要了,"犊"也不要了,只邀一个李太白的月亮作陪,造出些"对影成三人"之类的假象,叫你无法查证;"黄叶"也减去它"半床",另添"一瓮白云"作补偿,悠哉游哉的,似乎还略占了些便宜。这样一来,明朝那个姓徐的要和他对簿公堂,只怕是输多赢少了。

清代另有一位大诗人施润章,也是此道高手。他看见王禹偁《闲居》诗中"有琴方是乐,无竹不成家"一联很够味,便在《怀侯韩振蓝山》诗中照着葫芦画了一个瓢:"有官真似水,无梦不还家。"这种做法虽不能尽免偷窃之嫌,但偷形不偷意,你那葫芦里装的是闲居助兴的清茶,我的瓢中可是恨别浇愁的烈酒,就算偷了你一个外壳，也无伤大雅。施润章当然知道王禹偁偷过老杜，属于有"前科"的人，他只是"黑吃黑"，所以更无须怕得。

从上述三例看，史夔和施润章都偷出了"教授"水平，沈莲溪却还没有毕业。

"零偷"与"整借"

前面介绍的各家"偷法"，都是从一棵树上剪双枝，大有"一客不烦二主"之意。近代黄遵宪不愿这样做，大概是怕专偷一家太叫物主伤心，便改成东家西家同时光顾，各剪一枝，平分秋色。他的《夜起》诗中有这样一联样品：

正望鸡鸣天下白，又闻鹅击海东青。

上联剪的是李长吉"雄鸡一唱天下白"（"唱"一本作"声"），这个人大家很熟悉，唐代名流，喜欢"鬼唱诗"的那位；下联的物主有点陌生，据黄遵宪自己介绍，是元朝人杨允孚，原句是"弹出天鹅避海青"。这两句诗，都被黄先生剪得稀烂，原样所剩无几。尤其是后面那句，"鹅避"变成"鹅击"，意思全接反了。海东青是天鹅的天敌，反要遭"击"，岂不是怪也乎哉？后来有人请教黄先生，才知此意含有对沙皇俄国侵我东三省的愤慨在内。

剪烂有剪烂的好处，一是留出的空隙大，可以多塞些配料进去，改变原作的味道，像刘姥姥在大观园里吃的那鸡汁海鲜煎茄子一样；二是所窃无多，一旦被发现，赔起来也容易些，就是法庭判决，些许"赃物"，也定不了多大的罪。

李长吉那一句，当代有位伟人也剪接过。他把中间部分移到前面，变成"一唱雄鸡天下白"。自枝接在自干上，倒也别出心裁。伟人的刀法高深莫测，所向披靡，凡夫俗子实难望其项背。李长吉名气再大又怎样？也只能俯首称臣。另外，还把自己的另一得意之作——"天若有情天亦老"也双手奉上，"敬呈御览并乞教斧正"。

其实用不着李长吉这样客气，他这一句诗，早在《人民解放军占领南京》的时候，伟人就已经"笑纳"了。不过"斧正"什么的似无必要，原汁原味吃起来也蛮好。

附带说明一句：伟人这后一种做法，不能算作偷，它有一个风雅的名字，叫"借用陈句"。这事也不是伟人开的头，历代前贤早已经"借"得记不清账了，伟人只不过是援例而已。

"仿佛得之梦中耳"

杜牧在中国诗歌史上的名气很大，和李商隐并称为"小李杜"。如果不是有李白、杜甫在先，那个"小"字只怕还得去掉。

这样一位大名鼎鼎的人物，偏偏也生有三只手，见不得别人奚囊里边有好货。一次，他读到前辈诗人刘长卿的《上巳日越中泛舟若耶溪》，见其中有这样一联：

旧浦晚来移渡口，垂杨深处有人家。

　　这诗太合自己的胃口了，只可惜被刘老头儿占了先机，不然……杜牧心里痒痒的，一连几天都觉得不自在。

　　也不知过了多少年，杜牧的头发渐渐花白了，刘长卿那两句诗，却还在心里头年轻着和他过不去。他实在受不了这无声的折磨，终于在写《山行》的时候，悄悄裁了人家五个字，镶以边，配以对，试制出了自家的"新产品"：

远上寒山石径斜，白云深处有人家。

　　他也不管要不要办拆迁证，硬是把那水上的"人家"搬进了深山老林。谁知这一搬，竟搬出了一首千古绝唱！一千多年以来，说起居住在"白云深处"的这户"人家"，几乎是无人不晓；而对其曾被刘长卿安排在水上住过的这段历史，能够搞清楚的反而没有几个了。刘先生九泉之下不知道这个情况还好，知道了岂不要伤心欲绝？

　　杜牧自己对这句诗，也是颇为自许的。他曾经对朋友说："人但知'红叶'可人，殊不识'白云深处'之传神也；此七字者……仿佛得之梦中耳。"这当然是诗人的幽默，他是怕有人揭穿老底，所以先用"得之梦中"来封住你的嘴巴。

　　杜牧的这种幽默，至今仍不乏传人。当代有位著名作家，就曾"仿佛得之梦中耳"过一次。他得的是宋代黄山谷的两句：

桃李春风一杯酒,江湖夜雨十年灯。

这位先生的幽默,也很使诗坛快活了一阵。只可惜他忘记使用杜牧那套改头换面的手段,没把那杯"酒"换成"牛奶""咖啡"什么的就原样端出来了,结果被人嗅出了气味,不得不再来一次幽默,宣布自己的"梦"做得不大准,把版权还给了山谷老人。

看来,"仿佛得之梦中耳",也不是一件太容易的事。

偷出来的满堂彩

江西诗派代表作家陈师道,喜欢在故纸堆中寻些现成材料入诗,他写过一首《除夜对酒赠少章》的诗:

> 岁晚身何托,灯前客未空。
>
> 半生忧患里,一梦有无中。
>
> 发短愁催白,颜衰酒借红。
>
> 我歌君起舞,潦倒略相同。

五、六两句,寓浓烈情感于奇妙构思之中,确实很有魅力。《王直方诗话》记载:"无己(陈师道的字)初出此一联,大为当时诸公所称赏。"可见它在当时,便已博得满堂喝彩。后来的胡仔更没边,在《苕溪渔隐丛话》中,竟然断定陈师道是"以一联名世者"。倒是清人纪晓岚有些主见,在《瀛奎律髓刊误》中强调,整首诗"神力完足,斐然高唱,不但五六佳也"。他是看不惯前人老盯着一句吹,想对这种趋热现象泼上一瓢冷水。

其实,这些人都是上了陈师道的当。此联诗的第一作者,是隋朝人尹武。陈师道不过是盗版而已。尹的原版,见于他的《别宋常侍》诗:

秋鬓含霜白,衰颜倚酒红。

两相对照,马脚就露出来了。陈师道那一联,除上句点入了一缕愁因,有别于原作外,下句仅挪动了一下字词位置,然后变"倚"为"借",也算不得发明。"大为诸公所称赏"云云,看来至少要打一半折扣。

对于陈师道的盗版,也不是谁都没有察觉,当时的"诸公"中,就有一位看出了门道。此人乃苏东坡是也。不过他和陈师道很要好,不忍心当面戳穿朋友的把戏,只另外写了一首诗,暗示出自己"心中有数"。苏诗题曰《纵笔》,内容如下:

寂寂东坡一病翁,白头萧散满霜风。
小儿误喜朱颜在,一笑那知是酒红。

为了让陈师道明白自己的用心,东坡故意原样搬取了尹武的"酒红"二字,而对原诗的句式、结构乃至情绪、意趣等,则一概不取。经过一番重塑,尹诗中那种对衰老的无奈与牢愁没有了,代之而起的,是东坡独具的风趣、幽默和达观态度。陈师道当然看得出苏胡子写这诗的言外意,也承认老苏比自己偷得更高明;但朋友既然没有明言,他也就乐得装糊涂了。至于后人要一而再、再而三地吹,也是情理中的事。陈师道的诗虽然有偷来的成分,但确实是一首好诗,不吹,反而显得后人没有眼光了。

人山之恋

偷诗偷到最高境界,可以不着一丝痕迹而保留原作的基本口味,令你有疑可猜,无赃可捉。这种手段,或谓之"化其神意"。

辛稼轩是独步南宋词坛的泰斗,不怎么喜欢写诗,偷诗则有那么一丁点儿瘾头。偶尔露上一手,还真叫人大开眼界。李太白就曾着过他的道儿。太白写过《独坐敬亭山》:

众鸟高飞尽,孤云独去闲。

相看两不厌,只有敬亭山。

稼轩觉得后两句很有点意思,于是在"一日独坐停云,水声山色,竞来相娱"的时候,将其化用到了自己的《贺新郎》中:

我见青山多妩媚,料青山、见我应如是。情与貌,略相似。

一诗一词,说的都是人山两爱,其爱法却各具风采。太白是"爱你没商量",一副山大王口气。对方什么态度都没有,就自家肯定说"两不厌"了。这样的爱法,虽难免粗野、强暴了一些,但也不失为英雄本色。稼轩则不然,他的爱来得很温和、很策略,只用一种猜测的口气对对方的心思加以试探,丝毫不带强加意味,等着你自愿上钩。他这样做,也是心中有数,手里扣着一张"情与貌,略相似"的底牌,你青山不爱我,还能爱谁呢?

到了元朝,又出现了一位有恋山情结的人物张养浩。他看到李太白与辛稼轩爱山并没有爱成醋坛子,忍不住也插了一足,把李诗、辛词中表现的绵绵爱意全数盗出来,装进了自己的[双调]《雁儿落兼得胜令》之中。他是离休老干部搞黄昏恋,脸皮自然要厚些,说出来便不像辛稼轩那样忸忸怩怩。你听:

> ……我爱山无价。看时行踏,云山也爱咱!

这口气很有几分太白遗风,只是没有了那种舍我其谁的狂态,多少带了点儿一厢情愿的单相思成分在内。妙在单相思常有喜剧效果,经过张养浩的穷追猛打,那"云山"估计最后还是得嫁给他,不会让他白费心思。

高手就是高手,一段人山之恋,时间上从唐偷到宋,从宋偷到元,形式上从诗偷到词,从词偷到曲;明摆着的事,居然叫你"贼"捉不到"赃",那出神入化的手段,便是"失主"李太白见了,只怕也要连说几声:"佩服! 佩服!"

"倚马"小记

乙未秋七月初二,七八子偕游虎门。克光兄途中如厕,久候不出。及归,众诘之。答曰:"适才于马桶上得诗十余首,宁不快哉!"同车李子永新闻之,脱口曰:"倚马才高只属君,欧阳公未必有此。"时领队苏些雩在侧,笑云:"服务区马桶位有数,所占往往男多女少,今而后须得均分。"一车人相与大笑。

无何,车将启。点人,少张凯帆。呼之,始见其从方便处施施而出。永新复笑曰:"克光先生一'坐'成名,凯公岂欲效之耶?"张不知前事,唯"诺诺"以应。众笑,张亦笑,然不知众所以笑也。及明其故,乃啐曰:"老不正经,小亦不正经耶?前面还有'马',百余里路程,看尔等倚是不倚?"言出,满座笑喷。由是,众皆改称如厕为"倚马",永新更推克光所倚为"神马"。诗曰:

万言立待古曾闻,倚马才高只属君。

妒煞将门苏虎女，从今厕所要平分。

一坐成名数克光，这家马桶不寻常。

诗人留恋知谁最，车欲开时少六郎。

些雱为清虎门籍台湾总兵苏桂森四世孙；凯帆乃采庵张建白先生六公子，同门皆称"六哥"。诗中所道，非无据也。

乙未秋日东邃记于虎门道中

三 序跋篇

《竹影泉声集笺评》序

　　癸酉秋，余居云麓。一夕，风雨中有故人过庐，手携残稿一卷，谓欲与余共茗作谈资。余素知友固风雅士，所携必不俗也。遂于灯下翻阅。初尚不甚为意，然渐翻渐骇，终为所迷。询诸友，始知为乡先贤陶公良涛遗作也。公，余素所仰者，久闻清德，而不知其能诗。盖因其性甘淡泊，所作不肯示人故耳。及读遗篇，但觉清风在抱，流响入心，百骸为之松快。嗟夫！奇峰在侧而不觉，余之孤陋寡闻也甚矣！当时即萌私愿：此稿如付枣梨，必欲为之序。后余为事所迫，弃教鞭而别谋生计，事遂寝。

　　今岁初，友人复携全稿见访。告余曰：公集将梓矣。属余为序。此固所愿也，不敢请耳。余之才力，虽不足以诠释大家，然隔靴搔痒之言，或可为读者诸君识全豹供一管窥也。

　　夫诗者，文学之精也。古贤论诗，有情胜、景胜、理胜之说。盖情欲真、景欲活、理欲深也。余谓三者之中，尤以情为至要。是故为诗者,难从笔上得来,应自心中流出。胸中无激情,不可强作;勉强落笔,诚恐画虎不成反类犬耳。陶公之诗,以情见长,纯真质朴,不假雕饰,故能撼人心魄。且多以景语出之,水乳交融,迷离扑朔,是情是景,殊不可分。间或有言理者,亦佳,成就稍逊于前两者。三分天下有其二,虽古之大家亦莫过如此,陶公其无憾也。

或问:诗之能传,所凭者才耶?位耶?抑或二者之兼耶?余曰:诗之能传,无关乎位,至所重者,品也。是故作诗必先做人,人品高,诗品始高。品传其纲,才传其目,无品,虽八斗才亦徒劳耳。君不见宋之秦桧耶?进士出身,才当不匮,而品行卑下,故后世不知秦桧有诗。又不见明之严嵩耶?所著《钤山堂集》,诗作不可谓不佳,然世人憎其鄙恶,故不得刊行;其子孙虽有私刻者,亦羞于为外人知。至若屈、陶、李、杜、苏、辛诸贤,无不德高才大,故有万世不朽之作长惠后人。良涛先生靖节苗裔,家风有自。美德善行,素闻于乡里,至今父老,犹念念不忘。公尝语人曰:"善无大小,有一念于心,即是佛道。"其高怀大度若此。人品诗才,两相辉映,公之作,又岂得不传哉!

余不才,与公忝同桑梓,每念前修,辄生景仰。赘此数言,聊呈心曲,实未敢言序也。

丁丑清明前二日后学楚愚熊东遨拜撰

《击壤心声》序

我佛坐须弥山,尝语众生曰:万法皆缘,无缘不成世界。余与星洲诗伯陈乃棠先生结识于偶然,盖亦万法缘中一例也。时当己卯之秋,余受李汝伦先生之托,暂主《当代诗词》编务。一日风雨大作,有老丈入门来,自言梁姓,欲代友人购诗词刊物若干。询之,始知其友即陈公也。余素闻公之诗名,既感其诚,且有同好,遂于购刊之外,另拣拙著数种为赠。而后,公屡有书来,异域暌违,数载以还,深以难谋一面为憾。

今岁开春以来,羊城多雨。余蜷伏蜗居,客又不来春又老,殊觉百无聊赖。谷雨后十日,忽得梁翁电谕,云公自星洲返乡,欲假座江畔酒家,共谋一叙。余闻喜极。数年渴想终得一偿,天之乐从人愿也至矣。先是,公曾遣飞鸿来,谓诗集将梓,以序期余。余心窃已诺之,非好为文,实欲借弁言一倾积愫耳。今复得此面聆雅教之机,衷肠当可尽吐矣。

公为人坦诚纯朴，和蔼可亲。席间论及天下风骚，每多独见。话到忘情处，声锵锵，目灼灼，雪鬓飘飞，宛似圣诞老人执掌帅旗，祥和中别具英爽之气。然稍涉己诗，则谈锋立敛，但双手频摇，连称"惭愧惭愧"而已。于人则扬，己则抑，公之风度胸襟当真令人倾倒。余于当代诗坛，识人不在少数，尝见有一类"名家"，眼中唯有自我，每向人前唾沫横飞，则必定是说自家得意之作。使此类人见公，未知识得"惭愧"也欤？

公涉足诗坛近六十年，阅历既深，目光又锐，兼之疾恶如仇，故落笔每挟风雷之势。今番所辑入篇者，约四百有余。以量论固不足为奇，以质求则无愧上品。早年所作，多富激情，盖当时血性青年，胸中自有洪流奔涌也。如日寇投降后所作《街头即景》：

> 武士今成清道夫，樱花百万黯然枯。
>
> 屠城血债犹须算，莫让狂魔化媚狐。

诗从眼前所见入手，借"樱花百万黯然枯"为喻，道出了"玩火者必自焚"之常理，"武士"如何？往日淫威，不足恃也！结二句尤为警策，意谓降书虽纳，血债未清，国人切勿为"狂魔"一时媚态所迷，放松应有警觉。诗中此意，历久弥新，时过五十余年，读来犹似惊雷在耳。

先生激情多寓于对邪恶势力之憎恨及对黎元疾苦之关怀。早期代表作有《逐犬》《水灾》《过僮家山村》等。

《逐犬》云：

双犬狺狺恶似狼,投之砖石竟逃亡。

小人一若门前狗,绝技无非是跳墙。

此纯系借题发挥之作,名为逐"恶犬",实乃挞"小人"。通过对狗类"竞逃亡"之形象描摹,活画出"小人"们外强中干本质。而自身不畏强暴,敢于抗争之气概精神,亦尽见于言外。

《水灾》则从关念民生出发,对旧政府之昏浊、无能,旧官吏之贪婪、冷酷,作了无情批判。味他"桑田沧海万家哀""不见贤王治水来""最恨赈灾官似鼠,便便大腹醉金罍"等语,不难想见当时悲慨。

《过僮家山村》以民族题材入诗,本身即具新意;更何况高人怀抱,别有溪山,意味撩人,不妨一读:

昼事犁锄夜纺纱,僮乡儿女各当家。

童孙弃学供耕织,尚叹无衣缺裤衩。

乍看此诗形式,似脱胎于范石湖《四时田园杂兴》,"昼出耘田夜绩麻,村庄儿女各当家。童孙未解供耕织,也傍桑阴学种瓜"是也。然细品内涵,乃知其相似琵琶别样调,另有深慨寄焉。范诗乐在其中,公作忧生笔下,场景略同,情怀各异。如此以拙驭巧功夫,便是石湖有知,亦当首肯。

上说各例,俱公建国前作品,时代烙痕,依稀可辨。建国后所

作,则另具一番气象。试援数例以证之:

> 农民四亿大翻身,分地分田作主人。
>
> 喜见三山成粉碎,群挥铁臂振乾坤。
>
> ——《土地改革》

> 看图识字起新风,桑蔗鱼粮入画中。
>
> 从此田头多趣事,夫妻互教叟师童。
>
> ——《农村识字运动》

> 百年大树连根拔,十级狂飙卷粤中。
>
> 屋宇平摧田舍毁,基塘横扫果林空。
>
> 敢凭赤手降灾祸,唯有红心助寡穷。
>
> 甘苦同尝身共济,管教四野绝哀鸿。
>
> ——《抗风救灾》

前首作于一九五二年,写当时席卷中国之土改运动,欢快之情,溢于言表。次首成于一九五七年,描绘新事物,歌颂新风尚,意到笔随,极饶情致。后首为一九六四年作,写灾后之精神意志、风范行为,颇具感人力量。

中年以后,国逢大劫,先生诗风为之一变。大抵激情有所收敛,气骨则愈见开张。此随园所谓"难遣中年以后情"者也,个中玄奥,何待我言? 试析六十年代末所作之《云南石林鸟瞰》,当可略窥一斑：

> 美石丛生绿海中，纵横百里夺神工。
>
> 天余一线无双险，象踞孤岩别样雄。
>
> 仙柱拥岚岚拥日，剑池飘瀑瀑飘虹。
>
> 尖峰似向权奸刺，五岳峥嵘未稍同。

前六句状景，意脉纵横，结二句寓情，神思飞越。气势之豪，境界之阔，立意之深，似不亚老杜、东坡，而盘胸情绪，却只是冲淡平和。诗家崇尚豪放者不少，然豪放不是霸蛮，单凭情绪冲动者殊难成事也。君不见当今诗坛有所谓"雄豪大腕"耶？观其所作，往往似野战攻坚，大呼小叫不止；未若先生此章，全凭中气，徐徐吐纳，虽长声响彻林表，却不觉丝毫用强。斯乃真豪，"大腕"辈何能梦见？

公晚年侨居海外，足迹遍及天涯，读万卷书兼行万里路，采撷弥多，奚囊日富。集中半数以上作品，俱为九十年代以后所作。"老去渐于诗律细"，此期间作品，不唯题材更为广阔，诗艺亦达炉火纯青，可谓独具自家面目。兹略拾数例以飨同好。

请赏《登华盛顿纪念碑》：

> 华碑百丈立峰巅，瞬息梯登似欲仙。
>
> 极目落基疑虎踞，五湖如画挂中天。

此作一起便佳，碑云"百丈"，已知高矣，而复立于"峰巅"之上，便是高上加高，不可仰也。正因如此，方有"瞬息梯登似欲仙"之感。第三句凭高俯眺，过渡极为自然。目光触及落基山壮观远景，只用"疑虎踞"三字轻轻带过，如此安排，是为下句留出余地。结句最为精妙，状景之奇，足可与古贤名句一决高下。通篇一气流转，浑然天成，异域风光写到如此程度，功力才情，缺一不可至也。

《白宫戏咏》一绝，亦是集中佳构：

> 谢屐如今进白宫，依稀似见五洲同。
>
> 春来捕尽横行蟹，无霸无争可大公。

题曰"戏咏"，而篇中只有庄严，此诗家障眼法也，高手往往用之，读者切勿被其瞒过。首二句轻巧，着"谢公屐"登"天云梯"，本是前贤故事，今着之以进"白宫"，却也合用。"五洲同"冠以"依稀似见"，可知理想成分居多，此题目中"戏"之所在也。正宜以闲常心态待之，若过于认真，其趣便失。结二句为篇中重心，比拟鲜明，立论深刻，使曹阿瞒之辈者闻之，治头风或可不待陈琳之檄也。

用时代语言述异国情调而不失性灵、神韵之作，有《问路》一首堪称典范：

> 黑人警察解迷宫，指点前程柳岸东。

扶助何须分国界，文明无处不春风。

诗中所拾，只是生活中寻常小事，然其认识意义之深，却远非题目所能限制，若与《白宫戏咏》一首参读，则风味尤甚。首言"解迷宫"者为"黑人警察"，便知"扶助何须分国界"而外，另有"何须分肤色"之义存焉。"文明无处不春风"一结，既是感受，亦为倡言，此风倘能遍行世界，人类争端当自息焉。仁者心肠，个中具见。是作铅华洗尽，如话家常，寓深刻思想于浅近语言之中，最能予人启迪。目为当代诗坛珍品，似不过誉。

先生集中佳什，所在良多，奈何初入宝山，殊难尽拾。聊掇一二，喤引而已矣。诸君欲窥全豹，不妨自探骊宫，彼时所获，必有胜于余者。

雨声初歇，曙色侵窗，又是一天好风日至矣。得先生诗霖润泽，寂寥鄙吝都消，然文如烈马，终合收缰，未尽之言留待他日，不亦宜乎？

辛巳春暮后学熊东遨拜撰于羊城寓庐时冷雨敲窗不止也

《春树人家诗词选》序

予生也晚,劫尘几历,心目近盲,初不知天下尚有诗,世间尚有诗人也。及读《岭南五家诗词钞》,方知己之孤陋寡闻也甚矣。

五家之列,番禺采庵张建白先生赫然居其首焉。初读公诗,唯觉痛快;后复得其《待焚》《火浣》《银字》诸集,心观目诵,体会良多,由是倍增仰慕。

公作以诗为主,词副之;若论其艺,一例可观。盖其所积者厚,所察者明;发为声诗,自具星疏月朗之光,涛涌云奔之势。

读公诗,须用学人眼,更须用才人眼。用学人眼可识其源流;用才人眼可得其气象。本源流而具气象,大雅正声,此其属欤?刘逸生先生谓公作"一韵之立,腾挪变化而不知其所起止;一篇既成,而严谨整密如大将御军。夫挟堂堂之阵而变化无端,取古人之法而出以新技,自非智勇不能",是为至论。

中华诗之国,百粤诗之乡。公生其时,居其间,盛得诗乡之誉,增得诗国之光。适逢公一百一十周年冥诞之际,其门下诸高足辑公精华之作成一编,是为《春树人家诗词选》。临风展诵,不尽所怀;爰赘芜章,以为礼赞:

中华自古文明国,诗礼相传承远泽。汉雨唐风近代潮,源头皆出诗三百。

三百篇涵天地心,潺湲流转迄如今。儿孙历代多增益,澎湃江河日见深。

番禺建白张夫子,终岁为诗忙不止。尽将涓滴汇洪流,事业平生惟有此。

心驻朝阳笔绽花,更从春树起人家。无私雨露甦阡陌,桃李争荣海域夸。

流派初开风习习,当时圣手知谁敌。岭南独树一旌高,赢得吟坛尊采律。

心魂铸就锦华章,中有辛酸未忍忘。不是青春经火浣,何来铁树灿南疆?

征鸿海上来还去,雪影云痕元可觑。恍觉音容在碧霄,临风试诵惊人句。

记得当年初见公,麓山秋树正团红。承公手赠题诗扇,湘粤清风自此通。

一卷重编新付梓,月圆月缺无终始。百年行客过匆匆,留得我公诗不死。

甲午清明后五日后学宁乡熊东遨拜题

《馀霞满天》序

人生至乐，莫过于诗。盖诗之为乐，可以娱耳目，养心灵，缔交情，倡道义也。为乐之；吟乐之；赏亦乐之；其乐无所不在。詹翁柏松，乐于诗者也。翁游踪遍于四海，玉趾所及，诗必随之。名山大川、典藏文物，凡所见者，无不摄于诗中，其乐又有异于常人者。

戊子春，翁以自编诗集《馀霞满天》一卷寄予，属为之序。情辞恳切，欲谢不能。披览数过，心有醉焉。翁喜诗，亦喜摄影，自谓是"两不放松"者。斯集之编，颇见心裁别出。诗而外，每以风光图片佐之，品诗览画，如坐春风。"波摇翠影群峰动，壁响蹄声九马来"（《漓江九马画山》)、"云梯欲接玉皇宫，天上人间此处通"（《巴黎铁塔》)、"倏然帆影烟波里，隐约琼楼梦幻中"（《游蓬莱阁》)、"美酒香如花上露，嘉宾乐似月中仙"（《柏林天坛餐馆》)……诗画齐陈，图文并茂，无不令人赏心悦目。吟赏再三，终得明翁之意,盖欲以诗画为媒介,导予环宇一游耳;推乐非独及予,使读者循之,必有共乐。以己乐乐人,翁之意也盛矣哉!

翁集中另有书怀言事之作若干,亦以性情为主线,多所感人。个中或有予不甚喜者,然人怀有别,不娱人则娱己,君子和而不同,是亦善矣。

翁集既成,将付梨枣,此在翁为独乐,在朋为同乐,予与翁数载神交,缘悭一面,今读斯编,能以弁言为引,不亦乐乎?

戊子春暮宁乡熊东遂识

诗情禅趣两相宜

——《羊城禅藻集》序

　　中国的传统诗词在连续创出唐宋两大高峰之后,该奇的奇了,该险的险了。尔后千百年来,走的一直是下降道路。其间虽屡有反弹,但始终越不过前贤的高点。今人不甘寂寞,总想借太平盛世堆砌出另一派风光来,别的且不论,单看时下那些风前叠叶似的诗集诗刊,就足以令人眼花缭乱了。其中虽也不乏经典作品,但从整体上看,却是毛糙货居多。有感于此,广州大佛寺住持耀智法师,秉智慧之心,发慈悲之愿,主持编纂了一部历代诗人吟咏广州佛教丛林的巨著——《羊城禅藻集》(以下简称《禅藻》)。书中收录上自唐代、下迄当今的缁素名贤作品 1300 余首,内容广涉羊城寺院的兴建沿革、风景地貌、僧侣生活等;搜罗广博,生面别开,从一个侧面反映了各个时代的社会情状。诗情禅趣两相宜,是集的出现,无疑为当代诗坛献上了一缕清风。

　　诗与禅素来有着密切的关系。佛家的"偈",从一定意义上讲,就是一种寓理诗,如六祖的"菩提本无树,明镜亦非台,本来无一物,何处惹尘埃"。而儒家的某些寓理诗,也可看作是一种"偈",如苏髯的"不识庐山真面目,只缘身在此山中",朱子的"向来枉费推移力,此日中流自在行"之类。历代大德高僧,工诗者不在少数。他们中的许多人,更以与缁衣吟友唱和为赏心乐事。贾岛之与昌黎,佛印之与东坡,海印之与湘绮等,皆为此属。这一方面说明了儒释两家在文化涵养上的共同需求,另一方面也诠释了佛教能在中国长盛不衰的部分因由所在。《禅藻》所录,虽仅于五羊一隅,但管豹得窥,亦足以概见历代盛况。集中不唯对僧俗唱酬例有详载,且于其他诸作收录亦多,妙品纷至沓来,读之如醍醐灌顶,令人俗虑全消。

明代憨山和尚的《夏日过法性寺(今光孝寺)二首》,便是妙品之一:

菩提树下风祛暑,般若台前雨送凉。
一盏清茶诸想灭,更于何处觅西方?

觉树当年向此栽,初心为待至人来。
千秋衣钵今仍在,说法谁登旧讲台?

前首随遇而安,"风祛暑""雨送凉",万物皆为我适;结二句更是一语道破禅机,谓灭得"诸想","西天"便在眼前也。后首追怀往哲,感念前修,有"念天地之悠悠,独怆然而涕下"之慨。憨山俗姓蔡,法号德清,安徽全椒人。十九岁削发于金陵报恩寺。万历二十三年以"私造寺院罪"获遣岭南,驻锡曹溪宝林寺,为有明一代高僧。大师居粤近三十年,著作甚丰,诗囊尤富。《禅藻》所收其《菩提树》一首,也是卷中精品,不妨一读:

> 道种来西竺,灵根出上方。
>
> 果成从释梵,花发自梁唐。
>
> 叶覆慈云密,枝垂法雨香。
>
> 皈依聊景仰,五热顿清凉。

　　诗中果、花、树、叶四物并论,各有寓意,心地则一片清凉,深见佛子本色。

　　海幢寺住持法一,是稍晚于憨山和尚的另一位独具风格的诗僧。与憨山的庄严肃穆不同,法一的诗,更多地表现了他的人情味。请读《海幢月夜与予超莫秀才话旧》:

> 松岭月初上,呼童扫石台。
>
> 与君谈世事,多半悟禅来。
>
> 学海无流俗,文坛有剩才。
>
> 十年关痛痒,时命转相催。

　　出家人并不是生活在真空里,法一在诗中表现的对世事的关心,人才的留意,时命的感怀等,实非"悟禅"二字所能掩饰得尽的。法一好交游,除上诗中提到的这位予超莫秀才之外,还与当时粤中名士黄叵石、赵元晖、李孰元、黄缙卿、杨孝元等过从甚密。他们时邀雅集,分韵联吟,留下了不少佳话。下面这首《喜位中李先生过宿海幢》的五律,很能反映他的交游情趣:

> 花田月初满,同鉴两人心。
>
> 冷地相过少,幽栖念至今。
>
> 爱山新结社,忆竹旧成林。
>
> 又订雷峰棹,荷风荡素襟。

岭南历代诗僧,憨山、法一而外,著名者尚有函昰、函可、纯谦、今覟、展宏、古昱、古易、心监诸辈。其中尤以函昰、纯谦影响为大。

函昰字丽中,别字天然,号丹霞老人。俗姓曾,名起莘,广东番禺人。年十七补诸生,崇祯六年乡试第二。会试不第,谒道独禅师于庐山,祝发归宗寺。既返广州,主法诃林寺。明亡后,徙番禺雷峰,创建海云寺,举家事佛。"孤臣节士,皈依者众。"著有《瞎堂诗集》等。函昰的诗,以自然质朴见长。晚年所作,每于淡远空灵而外,隐含亡国之痛。《诃林春归二首》,是他的代表作。其一云:

> 麈居日易逝,不觉报春归。
>
> 雁影空潭尽,禅声远树微。

江山三月里，人事十旬违。

积雨留寒色，焚香但掩扉。

前四句切题状景，似无多异处；"江山""人事"一联，由景入情，别寓感慨。结语更是欲诉无言，欲悲无泪。这种国亡之后的无奈心情，实为当时众多爱国知识分子所共有，非函昰一人而已。前述法一诗中的"十年关痛痒，时命转相催"，其心境应与此略同。

生当康、乾之际的纯谦，俗姓郭，名相宜，字涉川，广东高要人。尝主海幢寺法席，著有《片云行草》。诗风冲淡平和，往往信手勾描，随心而发，却能大得林泉之趣。试赏其《松园春兴》，便知我言不虚：

春雨初晴布晓霞，绿阴深处长桑麻。

扶筇一路听莺啭，忘却呼童扫落花。

诗中无一字经意，更无一字着力，然而不经意、不着力处，正是其独到、传神之处。看他开篇十四字，还多少带了些方秋崖《农谣》的影子，至结二句一笔宕开，便颇具东坡神髓了。

其他释子之作，可赏者犹多，限于篇幅，难以尽述。

历代文人雅士，与羊城丛林宝刹，更有不尽的因缘。见于集中的，既有煊赫一时的风云人物，也有名不见经传的小字辈。前者如汪广洋、袁崇焕、屈大均、王士祯者流；后者如陈莹达、沈泽棠、何元之辈。或以诗存人，或以人存诗，二者相互兼容，在《禅藻》中得到了很好的统一。

袁崇焕的《过广州诃林寺口占》诗，风味极为独特：

> 四十年来过半身，望中祇树隔红尘。
> 如今着足空王地，多了从前学杀人。

诗中自剖灵台，任人检视，既是忏悔，也是顿悟，达到了"放下屠刀，立地成佛"的境界。

汪广洋为明初大臣，洪武四年官至右丞相。他在经略广东时曾礼佛光孝寺，留有一绝云：

> 花覆禅房刻漏迟，妙香浮动碧莲池。
> 月明风细菩提落，想见南能出定时。

汪氏一朝政客，本不以诗名，此番借助于六祖的庇荫（诗中的"南能"即指南宗六祖慧能），居然以这二十八个字博得了一顶"诗人"桂冠。

同属煊赫阶层的王士禛，情况与汪广洋大有不同。他既是康熙朝的刑部尚书，又是当时的诗坛领袖。所创立的"神韵"说，不但足足影响了有清一代，而且至今仍为许多人所信奉。《禅藻》中收王氏的作品不在少数，自然得益于他有过康熙二十四年奉旨南下广州主祭南海神庙的经历。今举《菩提坛》一例，俾读者领略其大家风范：

> 一花五叶后，此树留孤根。
>
> 枝条遍震旦，老干无冬春。
>
> 我来涨海游，入此甘露门。
>
> 秦松与汉柏，琐细皆儿孙。
>
> 清池澹疏雨，妙义闻风幡。
>
> 菩提本无树，更与智者论。

这无疑是一首颇耐咀嚼的好诗，说它带有几成少陵风骨似不为过。但好诗的专利并不一定全都属于大家，《禅藻》中许多脍炙人口的佳构，就出自寻常之辈的手笔。请读两首关于大佛寺的诗。

其一是《随鱼山师游大佛寺观梅》：

> 十月梅花何处寻？数株幽径佛堂深。
>
> 白浮金色都含笑，清至人天不住心。
>
> 敢效攒眉频索酒，且同并坐试横琴。
>
> 先生一曲高吟动，更为挥毫对晚林。

其二是《大佛寺西廊闻梵》：

> 禅林寂寂夜初分，万籁全空始得闻。

清净梵音开觉路，微茫呗响了尘垠。

谁能晚学同摩诘？我本前生是德云。

顽石点头思往事，天花散乱坠纷纷。

前首作者何元，字叔度，号玉屏，广东高要人。他除在嘉庆十八年得过"岁贡"外，一生不曾有过别的功名，诗却足与"居届堂之高"的王渔洋媲美。"白浮金色都含笑，清到人天不住心"，气骨之清，即便是写梅圣手如林逋、高启辈，谅亦莫过如此。后首作者陈莹达，论"名气"似比何元犹有不如，而诗中的悟境，却不下写出过"月在上方诸品静，心持半偈万缘空"的"大历才子"郎君冑。

清末民初，岭南奇才辈出，诗道亦大兴。黄遵宪、康有为、梁启超等一流作手自不待说，许多逸野高贤，也时有惊世之作。禅林于是时，深有所得焉。潘飞声的《与梁节庵游是岸寺访天山草堂遗址》，堪称一绝：

闲身重约旧湖云，读画携尊到日曛。

江涨松疑天上种，寺深钟隔水中闻。

白鸥飘荡能招我，黄鹤归来恰似君。

偏喜病翁题健药，草堂一席可容分？

此作起首得小杜风神，中二联有香山余韵，结尾则自成家数。糅合古今，一气流转，令人一见难忘。潘飞声字兰史，别署剑士，广东番禺人。光绪中随使团出洋，曾任柏林大学汉文学教授，后

179

在香江主编《华字报》，著作甚丰。其余名贤如张维屏、黄节、梁鼎芬等，都与五羊丛林有割不断的因缘。

张维屏写海珠寺的一首《满江红》，读来尤觉回肠荡气：

一水盈盈，似涌出、蓬壶宫阙。遥望处，红墙掩映，碧天空阔。光接虎头春浪远，影翻骊梦秋云热。看人间天上两团圆，江心月。

南北岸，帆樯列；花月夜，笙歌彻。愿珠儿珠女，总无离别。铁戟苔斑兵气静，石幢灯暗经声歇。试重寻、忠简读书堂，英风烈。

张维屏字子树，一字南山，号松心子，又号珠海老渔，广东番禺人。他少壮科举成名，官做到南康知府。早期诗作多写个人生活，于世事不甚关心。晚岁居家，目睹了英国侵略军的暴行，爱国情绪被激发，写下了《三元里行》《三将军歌》等悲愤、激昂的不朽之作。这首《满江红》，应是同一时期所作。词中"光接虎头春浪远""愿珠儿珠女，总无离别""铁戟苔斑兵气静""试重寻、忠简读书堂，英风烈"等语，包含着对苍生的怜恤、对升平的渴求，以及对先烈的仰慕、追怀等复杂情绪，是鸦片战争时期一代知识分子的内心写照。

当代人的丛林情结，丝毫不逊古人。已故羊城前辈诗家张采庵、刘逸生、余藻华等，都有关于寺院的佳作传世。兹举张采庵先生的《六榕寺外得句》一首以概其余：

闲关真与世相违，一塔空留博士碑。

上界香云馀晚照，诸天花雨又春时。

人方大悟魔难着，我尚无灵佛可知。

料得榕阴新绿满，绕墙痴立听黄鹂。

一部《禅藻》，就是一部羊城丛林史话。读这样的书，既是一种享受，也是一种清修。它的出版，必将为纷繁、芜杂的尘世带来一份祥和与安静。

阿弥陀佛！

张栋的槐林情结

　　古往今来的诗人，大多有些特殊情结，如陶潜与酒，李白与月亮，陆游与梅花。

　　陶元亮的痴于酒，其《饮酒二十首》足证大观。陆务观的痴于梅，有"何方可化身千亿，一树梅花一放翁"的坦诚表露。李太白的痴于月亮，更是憨态可掬："少时不识月，呼作白玉盘"；长大了离开老家，又"举头望明月，低头思故乡"；访友人是"暮从碧山下，山月随人归"；来了酒瘾也要"举杯邀明月，对影成三人"；直到暮年，据说还从采石矶跃下江心捉月。他这一往情深的痴劲，不能不令我们由衷地景仰。张栋也是位诗人，他的成就，或许不能和上述三位前贤相比，但其特殊情结却是一脉相承、毫不逊色的。

　　张栋所特别钟情的，是鲁北大地上那养育了包括他自身在内的无数生灵的槐林。他的心被槐林拴着，一腔积愫不时地用诗来倾吐，那诗里也就迷漫着无尽的槐香，浸透着无边的槐韵。面对着盛开的槐花，他可以自晨至暮一盯就是一天，深情款款，无以复加。当"晓风吹起翠波高"的时候，他居然发现"春光也有粗疏处，绿到槐林雪未消"。待到"澄湖日午淡浮烟"之际，他又忽生奇想，要顶着太阳于"浅草"之中从容而卧，不为别的，就为着"好放诗槎到梦边"！日暮之后，"一川夜月渚流光"，他眷恋着散发"异香"的"暗树明花"，越发来劲了，竟然"未置清樽心已醉，欲邀槐影舞成双"！这不是活脱脱一个"槐痴"又是什么？

张栋的痴于槐，有着一定的思想与社会因由。他出身于革命家庭，父亲早年被打成"右派"，一家人也跟着"沾光"入了"另册"。这种不公平的待遇，给了他屈辱也给了他磨砺。他的青少年时期大部分在农村度过，那一望无际的槐林，寄托过他童年的梦想，令他燃起过对未来的希望。大学毕业以后，他长时间工作在基层，从乡镇干部到县委领导，始终没有离开过槐林，没有离开过槐林养育的一方百姓。他的心拴在那里，也就是极自然的了。他痴于槐，但并没有把槐林视为己有，"春水碧波漂落处，浮香一路到天涯"（《林子槐香》），他是乐于和大众共享的。为了把自己的愉悦传递给乡亲父老，他深情地唱出了《五月槐林遣兴》的心声：

桃花流水溅红泥，又是槐林雪色时。

寄语蜂儿须早醒，酿香切莫误佳期。

多谢天公爱意深，诚心相赠白纱巾。

槐林素美闻齐鲁,经此妆成更动人。

碧桃枝上暗红消,喜见槐林雪又飘。
平野淡浓香阵透,千门万户乐陶陶。

基山跌宕鸟飞高,一色槐林入望遥。
春雪亭前生意满,天风海雨动心潮。

　　这时候的张栋,是一位既痴情于槐林,却又不满足于自得其乐,而欲与他人共享的公仆型领导干部。

　　张栋也有"独乐乐"的时候。那或许是在某个公休日,他捧着一本书自个儿躲在槐林一角,尽情享受着大自然的恩赐。请看他在《亭下》一诗中的自白吧:

槐林深处小亭开,崔鸟徐行啄紫苔。
手倦抛书依石卧,清风梦里送香来。

　　这时候的张栋,是一位安于闲散、淡泊的书呆子。不管领导干部也好,书呆子也好,任处于何种状态,张栋都是一位深恋着槐林的痴情诗人。张栋的笔下多槐,除却专门写槐的《槐林遣兴》《夏日槐林》《槐林飘香》《槐乡行》《雨中游槐林晚归》《槐情》等篇章不算,即便在别的题目里,他也会时不时把槐邀来助势。《癸未深秋友朋来访》,唱出的是"暂借愉湖作钓公,槐林有饵是香风";偶过春雪亭下,见到的也是"最喜槐风飘荡处,繁花叠起白如绸";就连纳凉,也要选择在"香槐树下月明中"……

我喜欢张栋写槐林的诗,更欣赏他对槐林的执着。用不着更多的虚誉,作为本文的结束,我们还是一起来看看他的《槐林飘香》吧:

淡淡烟云淡淡风,满川微雨露华浓。

人歌人笑天香里,蜂去蜂来雪色中。

十里诗情流细细,一林画稿影重重。

莫言春只江南好,槐苑芳期足可同。

甲申冬暮宁乡熊东遨呵冻记于求不是斋南窗

无由悲道路　有笔补春秋
——《明德诗词》序

吾湘诗脉，源出于《骚》。屈大夫顶天立地，一派既开，自成江海。尔后波澜迭起，后涌前翻，历数千年而不竭。近世以还，作手尤众。曾左诸贤，于戎马倥偬中偶发清吟，堪称绝唱；若邓湘皋、王湘绮辈，虽未必领袖群伦，亦足以雄视一代。"天下诗人半在湘"，前贤余绪流风，惠及当世，自不待言矣。

覃公明德，我诗坛"湘军"之一员。早岁以说部名重于时，而其本色则诗人也。公作诗词兼擅，成篇则富，寓义则深。大抵为时而著，为事而作，不尚空谈，故能新人耳目。其中诸多篇什，可补国史阙如。试拈数例为诸君析之，便知我言不诬。

《渔滩小学教书遣兴二首》为公早岁之作。其一云：

> 青蹊十里逐潺湲，回首边城远树烟。
>
> 几屋盖茅村自小，一床架竹我能眠。

谷仓授课松阴暗,石碓拉琴月影圆。

难字生词休与辱,背人词典已翻焉。

前四句铺陈,写边远山乡小学条件之艰难,教师之清苦,语约意丰,传神乃尔;后四句深化,于松声月影中勾出自画像,高风雅范,尽在不言。全诗笔至简而情至深,品之有厚味。

其二云:

山田无处不鸣蛙,出涧凉泉饮作茶。

竹篓常添邻媪菜,瓷瓶清供学生花。

入云家访先惊犬,渡水船摇偶代爷。

薄俸三分休谓少,聊胜城洞卖鱼虾。

此章情景交融,终以情胜。蛙鼓宜听,凉泉可饮,定知环境清幽;篓菜邻留,瓶花生供,想见民风朴厚。而"入云家访先惊犬,渡水船摇偶代爷",则于风情画之外,另绘出一幅温馨图,令人感动不已。结语故作自嘲,亦饶别趣。

公作题材广泛,其中有不少描写知青生活者,时代烙印颇深。《鹊桥仙·家书》是其代表作:

溪边沙陌,村头石路,都是家书来处。知青无事总盘桓,已望断、春风几度。　　激情年月,牛棚遭遇,谁忍尽倾肺腑。都将好话慰离愁,各抹尽笺边泪雨。

"知青"为四十多年前之特定产物。词中所道,非一人之私衷,乃时代之缩影。少男少女,远别亲人,孤寂心情,惟家书可以稍解;然而路口盘桓,"望断春风几度"之后,家书到底有耶,无耶?作者不答,亦毋须作答。大抵有人有,有人无;有则喜,无则悲。无限空间,任由读者想象。下结语尤痛切,"都将好话慰离愁,各抹尽笺边泪雨",奈何抹得尽"笺边泪雨",抚不平心上伤痕。

《八声甘州·代村中娶知青为妻汉子述怀》,则从喜剧的角度,表现了一位青年农民的担当:

靠天公撮合得良缘,千里送婵娟。纵迎风柳弱,俯溪花嫩,不在愁边。看取朱陈古寨,千载例相传。谁似吾能娶,都市青年。

轻巧活儿教做,挣工分多少,不必求全。爱莺腔滑腻,狐步若翩跹。壮看吾,熊腰虎背,朴无华,跺脚颤青山。伊只管,做高松下,绿草芊芊。

上阕鸟语花香,莺歌燕舞,"良缘"得"天公撮合",喜不自胜;"谁似吾能娶,都市青年"一结,豪迈之情,溢于言表。下阕化巨浪为涟漪,手捧心盒,极尽呵护之能事。细味"壮看吾,熊腰虎背,朴无华,跺脚颤青山。伊只管,做高松下,绿草芊芊"诸语,真有"遥想公瑾当年,小乔初嫁了,雄姿英发"之致。"都市青年"嫁得此壮汉,自不枉了。

同属饮食男女题材,《西江月·林场新规禁谈恋爱》一首,读来却令人沮丧:

世事花观雾海，天真星落晨光。题诗红叶有人防，看取鹊桥天上。
休说青春无价，只消种树开荒。眸儿对上太慌张，个个尼姑和尚。

"题诗红叶有人防"，如此"新规"，莫非"天父天兄"重出？无聊、缺德之事，都叫同一代人摊着了。以俏皮语道残酷事，是词家用心独到处。此作若与《八声甘州》参读，更见异趣。何谓"嬉笑怒骂俱成文章"，味此可知一二。

公下放农村多年，田家生活，诗笔例有记载。《菩萨蛮·管水》中之场面，如今已不多见；然有此一篇，历史画面便在：

村村都怕苕中旱，专人巡视无间断。阡陌一耙扛，不知行路长。　　情急谁偷水，夜暗先争嘴。偶或斗殴真，几多松火奔。

诵此词，令人仿入时间隧道，瞬间回到当年。历史之价值，惟在真实耳。

以上诸篇，系从《明德诗词》中信手拈出；公作妙处，不止于斯。弁言置罢，难尽所怀，爰赞以诗曰：

淑世情怀在，何妨雪满头。无由悲道路，有笔补春秋。
浊酒闲中品，清风座上留。遥循少陵迹，一径入深幽。

　　　　　甲午大暑宁乡熊东遨识于忆雪堂

朱志强其人其诗

　　我和志强的结识，是真正的以诗为媒。那是 1995 年秋天，他因商务来湘，下榻小天鹅宾馆，电话约我去谈诗。此前，我曾听林从龙老介绍过他，他是香港一家公司的老总，于诗颇有造诣。说志强最近可能到湖南，希望我们能够交流。我没有想到他会来得这么快；更没有想到一位经商者到湘伊始，便约人谈诗。当时便感觉到：这位老兄爱诗，不说入魔，只怕也已成痴成癖。那次，我们足足谈了一天。他的坦诚，他的广博，给我留下极深的印象。尤其令我感佩的，是他的执着追求精神。他告诉我：商，只是他的职业，诗，才是他的生命。这对刚刚走下大学讲台，投身商海，企图以商养文，曲线救诗的我来说，无异于在寂寞彷徨中聆听到了一曲高山流水。我们的友谊，就这样在诗的土壤里扎下了根。

　　不久，秋季交易会开幕，志强一个电话从香港打到长沙，再次约我到广州前辈诗家李汝伦先生府上谈诗，并希望能约上燕婷一道聚会。他说专门为此准备了两瓶"酒鬼"酒。听那意思,似乎谈诗之外,还要斗酒。作为一名老总,交易会不谈生意而谈诗,在常人看来,已经有几分不务正业的味道了;兼之以斗酒,岂不越发地荒诞不经?然而这一切,正是志强诗人本色的自然流露。此等情趣,自非常人所能理解。

这次聚会的收获颇大:首先是乙醇催发了李老的诗兴,即席赋成《酒鬼》二律;稍后是志强的和作出台;燕婷玉山倾倒,上演了一出《醉花阴》;我则趁着"李老哥"(李老要我如此称呼,他好占些便宜)醉后一时糊涂,哄得他答应为拙编的《中华青年诗词点评》作一篇序。这账李老清醒后未能赖得掉,一个月后兑了现。这一兑现不打紧,又引得志强浮想联翩,竟用四晚连着写出六篇读后感。读着他那洋洋洒洒的文章,我真怀疑他当初拎着那"酒鬼"来,是不是早有预谋。

以后我们又有过多次晤谈,并时相唱和。通过他的人,我了解了他的诗;通过他的诗,我更了解了他的人。他为人豪爽、痛快、重感情、重然诺;在诗友面前,又时带几分孩子气。1996年春交会,他约我和几位诗友到南湖游览,我因故未能如期赴羊城,误了嘉会。他感伤不已,一口气写了三首七律,发出了"闻道明朋不执鞭,心鸿愁上乱云天""故地重游诗侣杳,中天月映满头霜"的慨叹。事后我才知道,那天他竟自个儿去南湖坐到天黑。他就是如此纯情,如此执着;纯情、执着得让朋友们在他面前常常感到愧疚。

当然,他的孩子气发作起来也是很可爱的。1995年5月,全国部分中青年诗友在南京开会,他因故未能出席。这也罢了。可会后我和梦芙、克光、燕婷等结伴游了苏杭,并在西子湖畔联了不少句,当我写信将这些情况告诉他时,竟把他激得一蹦老高,来信"指责"我们"抛弃"了他,说要单独去八百里滇池一游,狠狠地"报复"我们一下。你说这个朱志强,能不讨人喜欢?

志强的诗和他的人一样,也以纯情见长。乡情、友情、爱情、湖山情、家国情等,在他的笔下,总是那样纯真质朴。他的那首抒发乡愁的《无题》,就曾拨动过无数游子的心弦:

海外无秋气,鸿飞不向东。

千山仍绮丽,孤梦竟朦胧。

情因今宵步,轩来何处风。

低头知泪下,滴滴月明中。

诗中表现的感情是极为浓烈的。由于久别了家乡绮丽的湖山,竟至孤梦也朦胧起来;因情因步,临轩怯风,游子情怀,赫赫可见!结联化用李太白"举头望明月,低头思故乡",诗意而着之以泪,更把感情推向了高潮。这样的诗,又怎能不引起异乡为客者的共鸣呢?

在志强的诗集中,描写乡情乡思的作品占有相当大的比重。这自然与他数十年客居异地有关。当中秋佳节到来的时候,他乡思难抑,只好发之于诗:

又是中秋揽月时,嫦娥寂寞广寒栖。

西风虽报黄花艳,银汉何填客子悲。

但对蟾宫怀故地,聊将文字慰亲慈。

不堪弹泪尊前说,鬓发飘飘白几丝。

转眼又届重阳,他前愁未消,后愁又起,于是再次写道:

寄迹天涯一梦赊,客怀几度负黄花。

迢遥路有三生石,偃蹇人无万里槎。

松竹故园随蜃蛤,江湖秋水逐龙蛇。

西风又报重阳至,何处青山何处家?

其他如《元旦》《乡梦》《惜别》《故居小楼》等,表现的都是这种悲凉、诚挚的乡思之情。读着这些诗,我们不难体味出一个异乡游子的凄凉心境。

诚然,志强是一个感情十分丰富的人,但这种丰富,绝非一味地儿女情长、愁肠百结。在他的性格中,还有着极其坚强、超脱的一面。他事业的成功,已经从正面证实了这一点;如果读一读他的《秋夜》,我们还可以窥见他坚强、超脱的底蕴:

夜籁声消小苑秋,初三月作旧鱼钩。

挑灯且把长歌续,去国常怀短剑忧。

诗并山峦争海立,情同江水拍天流。

高楼忆昔风吹泪，分付黄花一片愁。

诗中虽然也有"忧"，也有"愁"，但透过"忧""愁"的表面，我们看到的是一颗坚韧不拔的心。

志强的坚强和超脱，在他前期的诗作中已有所表现。请看他弱冠时所写的《落花》：

几番风雨损芳姿，更听前山啼子规。
差喜眼中春不断，明朝红到石榴枝。

这是一首借物言怀之作。一种百折不挠、蓬勃向上的进取精神，充溢于字里行间。结尾两句尤其精警，表现了诗人春心不为落花所损的坚强意志，与俞曲园"花落春仍在"异曲同工，最值得人们玩味。

他的另一首《墨梅》，则集中体现了超脱与豪迈：

淡墨池中雪未消，横斜素影占春娇。
香飘北国无双树，梦在西泠第几桥？
遍寄今情余怅惘，试寻古意有妖娆。
花间偶得惊人句，不信风华殿六朝。

诗笔老到，少年时代的仰天长啸，化作了此际的目送归鸿。锋芒收敛了，豪情、韧性却丝毫未减昔时。

总之,志强的诗,无论是抒怀、咏物,抑或纪事应酬,都始终贯穿着一条"纯情"的主线。在这条主线的驱动下,表现形式却是那样的多姿多彩:时如牛羊下野,时如鸟雀安林,时如溪涧潺湲,时如江河咆哮……读他的诗,永远是一种享受。

最近,他告诉我,准备自选一百首七言律诗,印一本小册子分送朋友。据他讲,这本书已定名为《芄汀百律》。读者诸君如有兴趣,不妨向他索要一本。相信你在读过它之后,会认识朱志强这个人,会和他交上朋友,就像我通过诗和他交上朋友一样。

愿更多的人能读到志强的诗。

愿更多的人拥有志强这样纯情的朋友。

　　　　　　戊寅岁首宁乡熊东遴于求不是斋

步入诗词殿堂之门径

四 赏析篇

诗味都从比喻来

——读贺知章的《咏柳》

贺知章为唐代"醉八仙"之一。他一生写过许多诗,大多脍炙人口。《咏柳》便是其中之一。请读原诗:

> 碧玉妆成一树高,万条垂下绿丝绦。
>
> 不知细叶谁裁出,二月春风似剪刀。

此诗题曰《咏柳》,而诗中却未见着一"柳"字。柳的形象(由远及近,从整体到局部)、长势及其成因等,全用贴切、生动的比喻说出,品来饶具趣味。

诗人首先用"碧玉"作比,将柳树的颜色轻轻衬出,使柳树有青翠欲滴之态。接着又把柳条枝比作随风摆动的绿色丝绦。着一"垂"字,更见春柳那婀娜多姿的神韵。这是一种双重比喻法,诗论家称之为"博喻"。"博喻"的好处,在于从不同的视角有层次地将事物的形象烘托出来。如果只说"碧玉",那么人们感受到的还只是一种颜色而已,那是无论什么树都会具有的;而再以"万条丝绦"状摹之,人们便会认定是柳树无疑。因为它唤起了人们的经验,唤起了人们对于柳树的特殊感受。第三句出人意表而又略带几分天真,逗起下句;下句却又不做正面回答,故意拐了一个小弯儿,只告诉你说:二月的春风,多么像剪刀啊!然而,"裁"是剪刀的功能,那么,细叶和春风的关系,也就自不待言了。当然,不这样讲,也没有谁会怀疑细叶的出现应归功于春风,但,作这样一个比喻,却可以曲尽其妙,因为它把春风形象化、个性化了,描摹出了春风孜孜不倦地为大自然增添生气的内在精神。诗写到这个程度,才会使人于掩卷之后,仍然回味无穷。

诗味都从比喻来。好的比喻,能增加诗的情趣,开拓诗的意境。贺诗中这三个比喻,既各负使命,又相互关联,复而不滥,贴切生动,确实是非常成功的例子。要用好比喻,并非一件易事。它要求诗人对生活做精细的观察,在观察的基础上进行丰富的联想。否则,就会像"撒盐空中差可拟"一样,比固然是比了,可诗味呢?天知道!

200

语淡情浓兴味长

——浅析孟浩然的《过故人庄》

　　孟浩然是盛唐一位与王维齐名的诗人。因写过"不才明主弃,多病故人疏"的诗句而见罪于唐玄宗,堵塞了仕进之路,只好"红颜弃轩冕,白首卧松云"(李白《赠孟浩然》),终生过上了"隐士"生活。政治上的失意,导致他娱情山水,属意田园,将乐趣转向了民间乡野。他一生写过许多优美的山水田园诗,《过故人庄》是其代表作之一:

故人具鸡黍,邀我至田家。

绿树村边合,青山郭外斜。

开轩面场圃,把酒话桑麻。

待到重阳日,还来就菊花。

　　此诗所描写的,是诗人和朋友的一次寻常聚会。"故人具鸡黍，邀我至田家。"首联开门见山，点明此次相聚，是应约而来。邀我即到，殊无客套。"鸡黍"乃农家寻常物，风味十足，主人以此款待客人，既简单随便，又极具诚意。这种不讲排场、不讲虚礼的做法，正是主客之间真挚情谊的具体体现。"田家"二字，借相聚的处所，在交代主人身份的同时，也反映了诗人乐于与下层劳动人民交往的思想情趣。

颔联描摹田家环境的幽深恬静，是诗人走进村庄后的第一感觉。他伫立环顾，眼光由近及远，渐展渐宽，将故人庄青山环抱、绿树掩映的自然风光，尽收眼底。联中上句着一"合"字，下句着一"斜"字，不唯写活了山容树态，而且道出了诗人的愉悦心情。景物本是无意识的，但在多情人的眼里，它们都具有浓厚的人情味，似乎正在各展奇姿，为诗人和朋友的雅集平添生趣。面对如此风光，无须把酒，也足以令人陶醉了。更何况知己相逢，即将有一番畅饮畅叙呢！这，就是以景语言情的妙处。

第三联叙事，将笔锋收束到题意上来。上句与次联承接，把外景延入户内，临窗设席，风光佐酒，大见雅趣，下句呼应首联，将"鸡黍"端上席面，边饮边谈，无拘无束，陶然忘机。这一联平淡中见奇巧：所面者"场圃"（谷场和菜圃），与绿树青山交相辉映，既各异其趣，又浑然一体；所话者"桑麻"，与做客田家暗中谐合，既见农事艰辛，又得田园之乐。虽未直接写景言情，然而细细品味之后，又觉得景寓其中，情余言外，"语淡而味终不薄"（沈德潜《唐诗别裁》），可谓深得诗家三昧。

"待到重阳日，还来就菊花。"——临别之际，诗人坦诚地向主人表达了这样的意愿。邀，我要来，不邀，我也要来。他如此不拘形迹，是基于对朋友的深知。以此作结，不唯将宾主之间的亲密关系，做了更深层次的披露，而且也表达了诗人对于田园生活的深切眷恋。

孟浩然的诗，素以"清淡"见长。翁方纲说："读孟公诗，如月中闻磬，石上听泉。"这首《过故人庄》正是如此。它笔墨省净，语言质朴，于轻描淡写之中，将一次寻常聚会、一顿家常便饭、一个普通农庄表现得多么富有诗意！孟浩然是热爱生活、重视友谊的，正因为如此，人们才会从他那清淡的话语里，体味出浓郁的感情。他笔下所表现的田园生活，富有盛唐社会的现实色彩，与那种虚幻的世外桃源有着明显的不同。他那因政治上的失意而带来的苦闷，在闲逸的生活里，在纯朴的友谊中，得到了相当多的补偿。读完这首诗，我们已经意识到：孟浩然的一生，"明主弃"是真，"故人疏"却未必。

万缕乡情对月明

——读李白的《静夜思》

　　古往今来,凡客居异地的游子,谁能不思念自己的家乡？写乡思、抒乡愁,是历代骚人迁客们笔下经常表现的主题。盛唐诗人李白的《静夜思》,是一首妙绝古今的"思乡曲"：

　　　　床前明月光,疑是地上霜。
　　　　举头望明月,低头思故乡。

　　此诗写远客他乡的游子,羁里孤单,寂寞难耐的凄凉心境。题曰《静夜思》,诗中所表现的绵绵愁绪,便是由这个"思"字生发的。

　　首二句信手拈出眼前所见,直陈了一个极带感情色彩的错觉:秋夜凄清,月光如洗,诗人客居他乡,愁思难遣,以至于短梦初回,竟将那无声地洒落在床前的溶溶月色,误当作满地的秋霜。

这一错觉的产生,固然是因为月光霜色在外形上有某些相似之处,更是诗人内心的乡思情怀无从排遣使然。"一切景语皆情语也。"(王国维《人间词话》)天涯游子的凄清、孤寂之感,借助于眼前这似真似幻的景物,得到了极其自然的流露。

然而,错觉毕竟只是一瞬间的事,诗人很快便清醒了。他举头仰望秋夜天空,只见皓月高悬,清辉遍洒,眼前的"霜"消失了,心中的"霜"却越来越浓:故乡啊,你在哪里?!诗人不由得低下头来,万千的思念纷至沓来——故乡的山、故乡的水、故乡的人……诗人青年时期便离别家乡,那里的一切,给他留下了无限美好的记忆,此际,这些记忆由眼前的一轮明月重新勾起,"月是故乡明",思归不得归,他的心境,该是何等的凄凉、悲寂啊!明月无言,此怀何诉?结尾二句,将诗人对故乡的眷恋之情,描摹到了极致。

这是一首质朴无华的抒情小诗。它的艺术魅力,不在于词藻的华丽,也不在于想象的奇特,而在于真挚感情的自然流露。全诗仅二十个字,有如蜿蜒流转的山溪,虽无迭起的波澜,却含清澈的涟漪。从眼前所见到心中所疑,从举头遥望到俯首沉思,有一条清晰的感情发展脉络。几个连贯的动作,看似简单,却蕴含了丰富的感情变化,形象地揭示了诗人的心理状态。胡应麟说:"太白诸绝句,信口而成,所谓无意于工而无不工者。"从这首余味无穷的"思乡曲"里,我们可以体味出胡氏所说的这种妙境。

家国沧桑感慨深

——读杜甫的《江南逢李龟年》

杜甫是唐代伟大的现实主义诗人，他生活在唐王朝由盛转衰的历史时期，对国家的命运、人民的疾苦，有着深切的关注和同情。所作诗歌多含家国之痛，真实地反映那一时代的面貌。请读他的《江南逢李龟年》：

> 岐王宅里寻常见，崔九堂前几度闻。
>
> 正是江南好风景，落花时节又逢君。

李龟年是唐玄宗时代的著名歌手。据《明皇杂录》载，"开元中，乐工李龟年能歌，特承顾遇。于东都大起第宅。其后龟年流落江南，每逢良辰胜赏，为人歌数阕，座中闻之，莫不掩泣罢酒"。一位当年倍受皇帝赏识眷顾的明星，如今竟然流落江南，靠街头堂馆卖艺谋生。单看诗题，就蕴含了无限沧桑之感。

"岐王宅里寻常见,崔九堂前几度闻。"诗一开头,便沉入了梦幻般的回忆。杜甫和李龟年的初识,是在"开口咏凤凰"的少年时期。当时正值开元盛世,李龟年作为一位杰出的艺术家,经常出入于达官显贵之家献艺,杜甫也因才华早著而受到岐王李范和殿中监崔涤的青顾。在他们的府邸,诗人和艺术家经常会面,结下了深厚的友谊。在杜甫的心目中,李龟年当年的走红以及自己那充满浪漫情调的青少年时期的生活,都是和鼎盛的开元时代紧密相连的。"寻常见""几度闻",反复咏叹,足见当时雅集之频、风光之盛。这两句诗,从表面看,似乎是在追忆往昔和李龟年的接触,暗中所流露的,却是对盛世风光的深情怀念。

　　"正是江南好风景,落花时节又逢君。"结尾两句,诗人的笔触回到了现实之中。这时,遭受了八年"安史之乱"的唐王朝,已经元气大伤,早就从繁荣昌盛的巅峰跌落下来,一蹶不振了。数十年间,杜甫辗转漂泊,来到潭州,"疏布缠枯骨,奔走苦不暖",衣食皆无着落;李龟年也"流落江南",靠卖唱谋生。两人的晚境都极为凄凉。在这样的境遇下重逢故旧,诗人那久积于胸的万千感慨,怎能不一触而发?江南风景固好,但对于曾经有过繁华梦境的穷愁潦倒者来说,只能徒增悲叹而已。"落花时节"四字,随手拾得,既点明时令,又暗寓了彼此间容颜的衰老、社会的动乱以及民生的凋敝,寄兴在有意无意之间,浑成无迹,很是耐人寻味。

　　此诗最大的特点,在于它的含蓄蕴藉:表面上流动着明快,骨子里渗透着凄凉,从字面上,绝找不出只言片语的伤感来。全诗只有短短的四句,从岐王宅里、崔九堂前的见面闻歌,到江南落花时节的重逢,中间联结着数十年的时代沧桑、人生巨变。对于这漫长的艰难岁月,诗人避而不谈,"含意未伸,有案不断"(沈德潜《唐诗别裁》),故意留出一大片空白,让读者去思索、去想象。这种包孕在无言之中的深沉慨叹,较之直白的牢骚,其感染效果不可以道里计。

别有情怀生笔底

——读张潮的《江南行》

在浩如烟海的唐诗中,有许多是怀人之作。张潮的乐府旧题《江南行》,堪称此中绝唱。先请大家读原诗:

茨菰叶烂别西湾,莲子花开犹未还。

妾梦不离江上水,人传郎在凤凰山。

这首诗是用一位思妇的口吻写的。从"茨菰叶烂"到"莲子花开",说明她和丈夫的离别已经一年多了。"犹未还"三字,怅惘中略带抱怨。似乎丈夫在出门之前,曾有过一年为期的许诺。"茨菰"俗称"慈姑",是长在水田里的一种多年生草本植物,地下有球茎,可食。端午节前后,人们挖出球茎,它的叶子便烂掉了。"莲子花"即荷花,开在盛夏。诗中通过对这两种植物进行描写,不仅使离愁别苦形象化、具体化了,而且也交代出女主人公生活的地点，美丽的江南水乡。这一交代，直接为下文做了铺垫。

"妾梦不离江上水"，是诗中感情发展的关键性句子。它完全是女主人公在特定环境中产生的特定想象。我们知道，旧时的妇女是很少出远门的，她可以将天下理解成和自己的家乡一样。水乡的主要交通工具是船，也许她的丈夫离家时就是乘一叶扁舟走的。那船儿系住了她的心。这样，她的意念离不开"江上水"不就很自然、很合理了吗？正因为如此，"人传郎在凤凰山"才会使她大为吃惊，因之越发为他牵肠挂肚。是啊，主观的想象追不上客观的足迹，这叫人在感情上怎么能受得了呢？

然而，"郎在凤凰山"也只是"人传"，实在难以深信。那么，他到底在哪儿？诗中没有明确答复。清代诗评家沈德潜认为："总以行踪无定言，在山在水，俱难实指。"这就将想象的余地留给了读者，人们可以扑动想象的翅膀，去帮助女主人公寻找一个能有所慰藉的答案。

此诗的中心内容是言情，诗中所表现的真挚情爱，足以在人们心底引起共鸣。但它并未局限在一个情字上，那些带有强烈感情色彩的景物，如草叶莲花、青山、绿水等，无不使人心向往之。正是由于景的扩大，而增加了情的容量，使之更具感染力，尤其是最后两句，构思新颖、奇特，不仅含蓄地将女主人公的心理状态揭示出来，使人物形象跃然纸上，而且间接地表现了祖国江山的辽阔无垠，起到了激发人们热爱祖国大好河山的作用。这，就在客观上打破了单纯怀人的俗套，别有情怀生笔底，使诗的意境得到了升华。我们之所以要将这首诗作为范例进行赏析，其原因也正在于此。

自古英雄出少年

——试析令狐楚的《少年行四首·其三》

唐诗中爱国主义的作品不少,与元稹、白居易同时的令狐楚,写过一首《少年行》,很值得一读。原诗是:

> 弓背霞明剑照霜,秋风走马出咸阳。
>
> 未收天子河湟地,不拟回头望故乡。

这是一首描写军旅生活的小诗。诗人怀着强烈的感情,用细腻的笔触塑造了一位少年战士的爱国形象。

首句先借"弓"和"剑"两种武器,表明事关军旅,继用"霞""霜"二字,点出这次军事行动的端始,发生在某一天清晨。这番简单的描述,使读者既感觉到了军情的紧迫,又能体味出军旅生活的艰辛。寥寥数字,极具容量。第二句紧承前意,进一步交代出兵的季节和地点。"秋风"呼应"霜"字,颇含肃杀之气;秋高马肥，正好用兵，言外之意是：这次行动，已经先得天时。咸阳在唐代都城长安附近，"出咸阳"是说离开京师向外地开拔。从下文的"回头"二字看，这位少年战士的家，应该就在京师一带。

三、四句写出兵的目的和战士的决心，暗寓这次战役的重要性，大有不收复失地决不收兵的气势。"河湟"指青海湟水流域和黄河西部，当时为异族所占。此处也泛指失地。说"天子"是以皇帝代祖国，虽不免忠君之嫌，但主要表现的还是爱国思想。在封建时代人们的观念中，忠君和爱国有着某种必然的联系，我们不能对古人做出过分的苛求。"不拟"——不打算，口气异常坚决。这里不说不回故乡，而是说连望也不肯望一眼，义无反顾，意思就更深一层，因之感染力也更强。这两句诗，与汉代名将霍去病"匈奴未灭，何以家为"的豪言壮语，有异曲同工之妙。

此诗表达的虽然是那个时代的爱国思想，但诗中少年战士那种不畏艰辛、舍家为国的精神，对于已经步入新时代的我们，仍具有一定的借鉴和激励作用。爱国主义，是一个永恒的主题！

一派生机涌笔端

——读曾幾的《三衢道中》

宋代诗人曾幾,任浙江提刑时游历三衢山,写过一首很有名的小诗——《三衢道中》:

> 梅子黄时日日晴,小溪泛尽却山行。
>
> 绿阴不减来时路,添得黄鹂四五声。

曾幾是江西诗派名家,诗风轻快活泼,朴实自然。读读这首诗,可领略其风格之一斑。

"梅子黄时日日晴",起首七字,平淡中见奇巧。这句诗的点睛处,在两个叠用的"日"字上。熟悉南方气候的人都清楚,阴雨连绵,是黄梅季节的特点。一日放晴尚属不易,"日日晴"就更为难得了。诗人巧妙地暗示了这层意思,他胸中那股勃勃游兴,便"不着一字,尽得风流"了。

"小溪泛尽却山行"，是诗人游兴的具体实践。船儿划到了水源头，还要继续爬山，其兴致之高，已无须再说。在表明兴致之外，这句诗还间接地透露出了三衢道中有山有水、山水宜人的壮丽风光。风光是游兴的诱发因素，在这里，二者结合得天衣无缝。

　　第三句笔锋一转，通过"绿阴不减"这一景物特征，与"梅子黄时"相印证，进一步明确告诉读者：此时乃春末夏初之际；其次，借一"来"字，说明眼前所见，是归途中的风光。这一交代，不仅呼应了"日日晴"，而且也为推出最后一句做了铺垫。

　　"添得黄鹂四五声"这个结尾，异军突起，最为精彩。它不仅勾勒了一幅"鸟鸣山更幽"的动人图画，还向人们透露了大自然的一派生机。过去有人在欣赏这句诗时，不是觉得归途中黄鹂添声不可索解，便是牵强附会，说什么"黄鹂也解人意，故多鸣以迓归客"。这实在是强作解人。其实，诗人设置的那个"添"字，已经为解答这一疑问提供了线索。只要我们联系全诗的时令、气候、绿阴以及往返的时间差等条件认真想一想，就一定会恍然大悟：啊，原来是又一窝小黄鹂出世了！

　　这是一首写景诗。诗人笔端涌现出的那一派蓬勃生机，无疑会激发人们热爱生活，热爱祖国的大好河山。

生花妙笔涌波澜

——读杨万里的《宿新市徐公店》

　　和唐诗的阔大雄浑相比较,宋诗则显得小巧清秀。然而春兰秋菊,各擅一时,宋诗中的名作,确也不少。请读杨万里的《宿新市徐公店》:

> 篱落疏疏一径深,树头花落未成阴。
>
> 儿童急走追黄蝶,飞入菜花无处寻。

　　这首诗写的是南方农村清明前后的景象。诗人以他那细致入微的观察力,从寻常事物中捕捉到了诗材,用简练的笔墨、明快的色调、含蓄的表现手法,描绘了一幅生机勃勃、情趣盎然的生活画图。

　　"篱落疏疏一径深",诗人首先推出的,是一个静止的近镜头:稀稀拉拉的篱笆,清晰可见。一个"深"字,将小路点染得十分幽静。紧接着,诗人把镜头向上抬了抬,出现在画面上的又是另一番景象:尽管新绿的树叶还不十分稠密,可是花儿已经到了辞别东风的时候,正一瓣瓣地从枝头飘落下来。"落"字用于此处,既暗指了时令,又使画面顷刻间由静转动,最是精妙不过。

结尾两句,诗人的眼睛盯住了一群淘气的孩子,孩子们在追逐一只黄色的蝴蝶,蝴蝶飞进菜地里,融入菜花中,孩子们跑过小路,钻越篱笆,在菜地里到处搜寻……原先那种幽深恬静的场面,至此已变得热闹非凡了。杨万里作诗讲究"活法",这里,他也真活得奇,活得妙。由"黄蝶"的"黄"字,不仅随手拈出菜花的颜色,而且把蝴蝶写得性灵毕现,像是它极明白地利用自己的颜色,避免了当俘虏的命运。而孩子们呢,反倒让这黄色的小东西捉弄了,只好在菜地里四处扑腾……寥寥二十八个字,写得如此色彩斑斓,波澜迭起,怎不令人拍案叫绝!

"状难写之景,如在目前,含不尽之意,见于言外。"这是诗人们追求的创作胜境。此诗正是如此。你看那稀疏的篱笆、幽静的小路、飘落的花瓣、初绿的枝叶、活泼的儿童、翻飞的蝴蝶和成片的菜花等平常事物,一经诗人之手,被编织到一个统一的生活场景里,立刻变得多么美妙诱人! 由于创造出了深远的意境,农家的乐趣、泥土的芬芳以及诗人自己的情怀,也就尽在不言之中了。

写诗,要观察生活,更要热爱生活,才能产生激情,创作出名篇佳什。杨万里这首平易自然的小诗,不是给了我们很好的启示吗?

拾取春光入画图

——试析沈德潜的《晚晴》

清诗在中国诗歌发展史上具有重要地位。有清一代,名家辈出,佳作迭现,举不胜举。读读沈德潜的《晚晴》,可略窥清诗的豹斑。

> 云开逗夕阳,水落穿浅土。
>
> 时见叱牛翁,一犁带残雨。

这首小诗,拾取的是早春农村中一种极为常见的景象:骤雨过后,乱云尚在天际飘荡,夕阳却从云缝中露出了笑脸,雨水落到地面,恰似千万条银蛇,纵横交错,纷纷潜入浅土,农家父老们早已耐不得寂寞,三三五五地扶犁叱牛,冒着残雨下地春耕了。

田父的纯朴、泥土的芬芳、天公的作美,简直令人欲醉。诗人那支看似漫不经心的笔,已在不知不觉中将读者牵引进了他创造的生活场景里。诗中不用典故，不加议论，纯以白描手法大笔勾勒，别有一种自然、清新的韵致。

沈德潜生逢乾隆盛世，他笔下所表现的农家生活的辛勤与安逸，正是当时那种太平景象的缩影。由于诗人不着痕迹地反映出了这一现实，他的情趣、他的追求、他的赞美，也就尽见于言外了。体会到这点之后，读者也会自然而然地从心底产生出一种共鸣：社会的安定团结局面，是多么值得我们珍惜啊！

此诗虽然不拘成法，随意挥洒，但绝非马虎之作。它在遣词用句、整体构思等方面，都极见功力。如首句着一"逗"字，便巧妙不过。它将云与夕阳人格化了，似乎两者是一对要好的朋友，正在相互挑逗、相互配合，共同代表天公的意向作美于人类。诗中设此一"眼"，便为通篇创造了一种和谐的氛围。次联的"时"字，也具双关之意。在明写此景是一路行来所见的同时，还暗寓了"一年之计在于春"，父老乡亲们争分夺秒，不肯放弃一霎光阴的辛劳与欢乐。"一犁带残雨"这个结句，形式上或许受到白居易"梨花一枝春带雨"和苏轼"江上一犁春雨"的某些启示，其内容却已创造了全新的意境。

沈德潜是清代诗坛上的名家，在诗歌理论和创作实践方面，都有极高成就。他作诗注重"格调"，主张温柔敦厚。从这首《晚晴》中，我们可以领略到他的诗风。

一阕雄词震古今

——读苏东坡的《念奴娇·赤壁怀古》

　　苏轼是北宋词坛大家，词风豪放、飘逸，一扫晚唐、五代词的柔弱之气，开了一代先河。《念奴娇·赤壁怀古》，集中体现了他的艺术风格：

　　大江东去，浪淘尽、千古风流人物。故垒西边，人道是、三国周郎赤壁。乱石穿空，惊涛拍岸，卷起千堆雪。江山如画，一时多少豪杰！　　遥想公瑾当年，小乔初嫁了，雄姿英发。羽扇纶巾，谈笑间、强虏灰飞烟灭。故国神游，多情应笑我，早生华发。人生如梦，一樽还酹江月。

　　这首词，是苏轼被贬黄州期间，游历赤壁时所作。词中通过对历史人物的追怀凭吊，既表达了对古代英雄的推崇、向往，也抒发了自己在无端遭受政治斗争倾轧之后，有心报国，无路请缨的慨叹。

"大江东去，浪淘尽、千古风流人物。"——词人一落笔，便饱蘸浓墨，纵情挥洒，勾勒出万里长江的威势。那滚滚的江流，从眼前奔涌而去，逝者如斯，不舍昼夜！它自然使人联想到那些在历史的长河中匆匆来去的英雄。江山依旧，时局常新，"淘尽"二字，道出了一条不以人们意志为转移的规律。然而，历史淘得尽千古英雄，却淘不去英雄创造的勋业："故垒西边，人道是、三国周郎赤壁。"这接踵而来的一句，又赋予了"淘尽"全新的辩证意义。往后数笔，侧重用来描绘赤壁风光：矶头"乱石穿空"；矶下"惊涛拍岸，卷起千堆雪"。一"穿"一"拍"一"卷"，顿生出一股不可遏制的伟力，从态式、声响、颜色三个方面，将一幅惊心动魄的古战场形势图呈现在读者面前，使人仿佛重睹了当年赤壁鏖兵时刀枪林立、金鼓震天的壮烈场面。词人的豪迈情怀，也随着这如画江山的展示，得到了最充分、最生动的体现。

过片之后，词人用"遥想"二字领起，由前文"一时多少豪杰"的泛论转入对周郎的集中刻画：先写"小乔初嫁"，从侧面烘托他的风流倜傥；次写"羽扇纶巾"，从正面描述他的儒雅潇洒；后写"谈笑间、强虏灰飞烟灭"，从正反两面映衬他指挥若定的雍容气度。词人用极大的热情，从各个不同角度刻画出少年得意、雄姿英发的周郎形象，其中贯注了他自己成就功业的热望，闪烁着理想之光。黄蓼园说："词是赤壁，心实为己而发。周瑜是宾，自己是主；借宾定主，寓主于宾；是主是宾，离奇变幻，细思方得其主意处。"词人写赤壁，正是借古喻今，抒己之志。于是在一番"故国神游"之后，很自然地从历史幻境中回到了现实。想到自己功名未就，华发早生，万千的感慨与不平，凝成了一句淡话："人生如梦，一樽还酹江月！"

有人批评这首词拖了一个消极的尾巴，并据此指责词人所持的是虚无主义态度。其实并不尽然。这个结尾，尽管有些伤感，但并未改变整首词雄浑向上的基调。淡笑强于哭，它是词人壮志难酬的喟叹，也是他对人生目的、意义的积极思考得不到满意答案时的自我安慰和解脱。它所反映的，是词人充满矛盾的精神世界，并非虚无主义。吟诵此词，我们首先感受到的，是一种催人奋发的感情力量。最后的一笔冷色，并不妨碍全词的整体效果。

笔有真情自感人

——读贺铸的《鹧鸪天》

　　北宋词人贺铸，擅长用比和言情。曾以"借问闲愁都几许？一川烟草，满城风絮，梅子黄时雨"（《青玉案》）的名句，博得了"贺梅子"的美称。他的许多词，读起来催人泪下，名作《鹧鸪天》便是其一：

　　重过阊门万事非，同来何事不同归？梧桐半死清霜后，头白鸳鸯失伴飞。　　原上草，露初晞，旧栖新垄两依依。空床卧听南窗雨，谁复挑灯夜补衣！

　　这是一首追悼亡妻的词。作者当年曾带着妻子在苏州一带隐居和做小官，后来妻子客死在那里。这回他只身旧地重游，睹物思人，心中感到无比痛苦，于是发而为词，寄托哀思。词中并没有什么奇情幻想，只是写眼前的景象，谈日常的琐事，抒朴素的感触,却字字血、声声泪,使人不忍卒读。

"重过阊门万事非",词人产生的第一个感触是:阊门的一切,都不是原先的样子了。为什么? 是经历了天灾、兵祸? 都不是。"同来何事不同归?"词人这一反问,回答了上面的问题。原来是和他一起出来的那个人,没有能够和他一起回去,他主观上产生了一个"非"的感觉。那个人是谁? 如果说读者此时还不能断定其确切身份的话,那么,接下来的"梧桐半死清霜后,头白鸳鸯失伴飞"两个比喻,词人便已明确告诉你:那人是他的妻子。鸳鸯是一种双宿双飞的水鸟,历来被人们用来比喻恩爱夫妻。这里说"失伴飞",是词人委婉地告诉大家,妻子不能和他同归的原因,是已经死去了! 这两句词,语调极其悲怆。从"半死""头白"这些字眼里可以看出,贺铸此时,已经到了迟暮之年。俗话说,"少来夫妻老来伴",老年丧偶,有更深一层的悲痛。这就难怪词人会感到"万事非"了。这个"非",正是"物在人亡事事非"的"非",实际上,阊门的景物不一定真有什么变化。

过片之后,词人的笔锋向着感情的更深层次拓展。"原上草,露初晞,旧栖新垄两依依。""晞",意为晒干。语出古乐府《薤露歌》:"薤上露,何易晞……人死一去何时归?"这里,是用"露初晞"作比喻,感叹人生短促。"旧栖"指词人在苏州的故居;"新垄"即妻子的墓地。二者在这里形成鲜明的对照,感情色彩十分强烈。"栖"字还使人联想到鸟类,暗中呼应了上文的鸳鸯。

结尾两句,将感情的潮水推向了巅峰。词人首先用"空床卧听南窗雨"七字,道出妻子死后自己凄凉孤寂的心境。唐人李商隐写过一首《夜雨寄北》，有句云："何当共剪西窗烛，却话巴山夜雨时。"李商隐期待的是和妻子一起"话雨"，而贺铸却只能"听雨"。他，已经无人可话了！此中的感情分量，简直无法估量。接着，词人又从日常生活小事上，追忆了妻子生前对自己的体贴，因而越发感到离不开她了。"谁复挑灯夜补衣！"一句顿将往日夫妻间的深恩厚爱和盘托出，与眼前的现实形成强烈的对比，具有让人撕心裂肺的感情力量。读词至此，人们也不禁要为词人流出同情的眼泪来。

　　一首普通的悼亡词，何以会产生如此强烈的感染力？这，除了词人深厚的艺术功力外，更重要的是他对妻子的纯真、深挚的感情。带着这种感情下笔，故能如泣如诉，引起读者的同情与共鸣。这就是人们通常所说的"以情动人"。没有感情，艺术技巧再高，也难以写出震撼人心的作品来。

赤子之心难泯灭

——读辛弃疾的《清平乐·独宿博山王氏庵》

辛弃疾是宋代伟大的爱国主义词人。他一生历经坎坷，无论是出仕还是退隐，那颗赤子之心始终不曾泯灭。炽热的爱国之情反映到词里，使辛词发出了夺目的异彩。请读他的《清平乐·独宿博山王氏庵》：

绕床饥鼠，蝙蝠翻灯舞。屋上松风吹急雨，破纸窗间自语。
平生塞北江南，归来华发苍颜。布被秋宵梦觉，眼前万里江山。

宋孝宗淳熙十四年（公元 1187 年），辛弃疾闲居带湖。在一个风雨交加的秋夜，他路经博山道中，住在一位姓王的农民家里。面对荒山野店，回想平生，英雄失意，壮志难酬，顿生无限感慨。于是写下了这首闪耀着爱国主义思想火花的词。

词人从眼前耳畔的景物入手，在上半阕里大笔勾画了满目疮痍的中国农村的破败景象。那绕床追逐的饥鼠，翻灯飞舞的蝙蝠，典型地再现了王氏茅庵的荒凉，暗写了主人一家饥寒交迫的生活情景。通过对松风急雨、破纸尘窗的拟人化描写，细腻地渲染了整个山村的寂寞气氛。这里，词人写的是景，言的是情，在凄冷的色彩之中，蕴含着他对人民疾苦的深切同情和对朝廷政策的强烈不满。眼前的景况(可以想见，这绝不是个别现象)，不正是赵宋小朝廷偏安江左，实行不图恢复的屈辱投降政策的直接结果吗？

　　下半阕侧重抒情。"平生塞北江南，归来华发苍颜。"——词人二十多岁率部归宋，为恢复中原奋斗了半生，走南闯北，出生入死，武有战功，文有政绩，但终因力主恢复而遭到朝廷的冷落和排挤。如今年岁渐老，眼看着事业无望，他该是多么悲伤和痛苦啊！然而，不管打击是如何惨重，环境是如何恶劣，都始终动摇不了这位"以气节自负，以功业自许"的爱国词人的报国信念。因此，当他独宿荒村一梦醒来之后，个人的得失荣辱早已踪影皆无，浮现在眼前的，依然是祖国的万里江山。他那颗赤子之心，又驰骋在收复祖国失地的疆场上了！结尾二句，奇峰突起，石破天惊，将全词的境界，推向了一个更新的高度。

　　辛弃疾是独步两宋词坛的大手笔，他的爱国思想为他的词作增添了无限光辉。我们在继承辛词这份珍贵的文化遗产的同时，更应该学习他炽热的爱国思想。

含情细笔写天伦

——浅析辛弃疾的《清平乐·村居》

辛词素以豪放著称于世，绝大部分作品，悲壮激越，有如长江大河，奔腾咆哮，一泻千里，令人叹为观止。然而，如果有谁据此以为辛词只有粗豪而无细腻，便未免失之偏颇了。事实上，辛弃疾的词风，既有豪放的一面，也有细腻的一面。请读他的《清平乐·村居》：

茅檐低小，溪上青青草。醉里吴音相媚好，白发谁家翁媪？大儿锄豆溪东，中儿正织鸡笼。最喜小儿无赖，溪头卧剥莲蓬。

辛弃疾从四十三岁起到六十余岁，几达二十年的漫长岁月，都是在江西上饶一带的农村中度过的。此词所写，便是这一带的乡村生活情景。

全词四十六字,既无迭起的波澜,也无曲折的情节。出现在词人笔下的,只有数间茅屋、一溪青草和一户以农事为乐的庄稼人。词人正是通过对这些寻常事物的工笔描画,创造意境,给人以美的享受的。

首二句描写农家的生活环境:几间低矮的草屋静卧在绿野之中,一条布满水草的小溪从门前蜿蜒流过。画面动中含静,静中见动,似觉春风习习,恍闻流水潺潺,一派美妙的田园风光,婉然呈现在读者眼前。接着,词人笔锋一转,农家的主人开始露面了:"醉里吴音相媚好,白发谁家翁媪?"原来是一对白发老夫妻喝醉了酒,正在院子里用当地的方言亲昵地戏谑。只寥寥几笔,便将老头老太太意挚情深、醉态可掬的形象刻画得惟妙惟肖,使读者如闻其声,如见其人。词的上半阕,就在这欢乐的气氛中顿住。

下半阕,词人打破情景分工的通常惯例,不加半点议论,出人意表地续写了这个家庭中的一连串成员:"大儿锄豆溪东,中儿正织鸡笼。最喜小儿无赖,溪头卧剥莲蓬。"老大负有家庭生活的责任,只顾埋头在田地里劳动,他的勤劳憨实,一笔轻轻带出。老二也不比哥哥逊色,编织鸡笼,力所能及,看他那专心致志的劲头,便知是一个懂事的小伙子(写哥俩的辛勤劳动,不无赞许之意,同时,也暗示了这个小康之家的欢乐来之不易)。只有老三不理会这些,趁着父母和兄长无心管束的当儿,正独自趴在溪边剥莲子吃哩!一个活泼可爱的儿童形象,顷刻之间便跃然纸上。全词的镜头,就在那顽皮、淘气的小儿面前戛然而止。镜头外,给读者留下了一个广阔的想象余地。

辛稼轩不愧为词坛圣手，他描写这五个人所费的笔墨，简练得就像捧着花名册点卯，只轻轻一呼便唤出来了。然而就在这一呼之中，呼出了各人的不同年龄、性别和情趣。庄户人家的天伦之乐，也随着人物从不同方位络绎登场而表现得淋漓尽致。词人对农民的深厚感情及其在饱经风霜之后对这种无拘无束的田园生活的向往，也得到了极其自然的表现。

诗词不同于其他形式的文学作品，要在规定的字数篇幅内表达丰富、深刻的内容，尤其要刻画出鲜明、生动的形象，殊非易事。在这方面，辛弃疾为我们做出了榜样。

艳语题情格亦高
——试析关汉卿的组曲[仙吕]《一半儿·题情》

　　散曲作为元代文学的橱窗,在文学史上具有与唐诗、宋词鼎峙而三的地位。元曲中脍炙人口者很多,兹举关汉卿的[仙吕]《一半儿·题情》以飨读者:

　　云鬏雾鬓胜堆鸦,浅露金莲簌绛纱。不比等闲墙外花。骂你个俏冤家,一半儿难当一半儿耍。　　碧纱窗外静无人,跪在床前忙要亲。骂了个负心回转身。虽是我话儿嗔,一半儿推辞一半儿肯。

　　银台灯灭篆烟残,独入罗帏掩泪眼。乍孤眠好教人情兴懒。薄设设被儿单,一半儿温和一半儿寒。　　多情多绪小冤家,迤逗的人来憔悴煞。说来的话先瞒过咱,怎知他,一半儿真实一半儿假。

这是一组描写青年恋人之间爱情生活的散曲,共四首。通篇几乎都借女子的口吻说出,俊语连翩,艳情飞逸,读后使人赏心悦目。

第一首写女子的容貌、人品,兼及她对恋人的真挚情爱。作者首先抓住事物的外部特征,用"云鬟堆鸦""金莲浅露"等形象化的字眼,写出女主人公漂亮的发式和轻盈的体态。一个俏丽的少女形象跃然纸上。接着又用"不比等闲墙外花"一句,对眼前这位女子的人品做了肯定:她既非闲花野草式的勾栏妓女,也非水性杨花式的低贱之流。通过上面这一叙一议,揭示出女主人公不仅具有外形的美,而且具有心灵的美,从而为后文的续写奠定了健康的基调。

末尾两句,写女子对情人的挚爱。"冤家"两字,具有复杂而微妙的感情内涵,表面是恨实则是爱极。"打是亲,骂是爱",句中那个"骂"字,也是亲昵之情的表现。"难当"和"耍",同样是矛盾的。"难当"即难受,是指因感情太过浓烈,而禁受不住。"耍"即戏耍,是指和心上人愉快地调情。将这两个矛盾的"一半儿"组合成一个整体,便把女主人公既羞涩难当又跃跃欲试的心理状态描摹得活灵活现。

第二首写夜间约会时相亲相爱的场面和女主人公的矛盾心态。"碧纱窗外静无人",首句勾画出约会地点的幽静环境。"静无人"三字,暗示出此刻已是夜间。"跪在床前忙要亲"一句,笔锋突进,直白地道出了她的恋人感情奔放得近乎粗野。正因为如此,才使得女主人公的心态陷入了重重矛盾之中:答应吧,怕他负心;拒绝呢,又担心冷淡了他,给日后的爱情生活蒙上阴影。当真是进不妥,退不妥,左右为难。惶急之中,只好"骂了个负心回转身",假装生气,来对恋人的诚意进行试探和考验。

然而,她对自己的心上人毕竟还是信得过的,在一番佯嗔薄怒之后,最终还是半推半就地满足了他。"虽是我话儿嗔,一半儿推辞一半儿肯"这个结句,正是女主人公的心理矛盾得到调和的生动写照。

第三首写恋人离去之后,女主人公的孤单、寂寞心境和由此而产生的刻骨相思。银台上的蜡烛熄灭了,盘香也已烧残,情人远去,自己独入罗帏,片刻欢娱,换来了不尽的空虚和怅惘,怎不叫人伤心欲绝,泣下沾巾呢?

首二句借物传情,用"灭""残""独"等字巧作修饰,使"灯""烟""罗帏"等物,都蒙上了孤寂的感情色彩。接着,又用"乍孤眠好教人情兴懒"再逼一句,将女主人公百无聊赖的心情写足,引出了她对乍离的恋人的刻骨相思。笔到神随,了无痕迹。

"薄设设被儿单,一半儿温和一半儿寒"这个结尾,既写恋人离去后的实际情况,暗中又另寓深意。那"温和"一半,自然包含了女主人公对刚刚逝去的爱情生活的甜蜜回忆;"寒"的一半,则是她对眼前现实的细致体察。说被儿"寒",其实是指心"寒",逝去的愈是温和,留下的就愈是寒。这是一种感情上的空缺,只有当恋人再次回到身边时,这空缺才得以填补。明白了这一点,对于女主人公此时此刻思叹交织的内心世界,也就不难推想了。

第四首写女主人公由刻骨相思而产生的对恋人的抱怨。这种抱怨反衬了她的相思，更见相思之酷烈。"多情多绪小冤家，迤逗的人来憔悴煞。""冤家"二字，仍用反语；"迤逗"即挑逗；"憔悴"指容颜消损。由于恋人自前次别离后，许久不见踪影，精神上的折磨，使得她的身体日见消瘦。着一"煞"字，说明她精神和肉体的承受力已经到了极限。因此她才会对恋人以前的山盟海誓产生怀疑："说来的话先瞒过咱，怎知他，一半儿真实一半儿假。"这种无端的自我猜疑，完全是由相思之苦引起的，反过来，正好说明她对恋人有着深挚、忠诚和坚定的爱。抱怨、相思、怀疑、信任，多种情绪交织在一起，剪不断，理还乱，就是女主人公此刻的心态。

最后这支曲子，虽然没有前三首那样动人的细节描写，但全面揭示了女主人公丰富、复杂的内心世界，使人物形象更为丰满，作为收篇，仍不失为一个高潮。

关汉卿是元代杂剧创作的大家，在散曲创作方面，也有极高成就。这一组散曲，一意贯通，层层递进，各有其独立的内容，又浑然一体。文笔生动、细腻，语言通俗、活泼，感情炽热、奔放，在元人散曲中，是不可多得的珍品。

情系云山乐未央

——浅析张养浩的［双调］《雁儿落兼得胜令·退隐》

元代散曲大家张养浩,创制了不少的传世名作。他的许多作品,鞭挞黑暗现实,同情人民疾苦,具有一定的进步意义。另有一些描绘祖国河山的作品,也写得别具意趣。请看他的［双调］《雁儿落兼得胜令·退隐》:

云来山更佳,云去山如画。山因云晦明,云共山高下。倚杖立云沙,回首见山家。野鹿眠山草,山猿戏野花。云霞,我爱山无价。看时行踏,云山也爱咱。

这是一首带过曲,由《雁儿落》与《得胜令》两支曲子组成。它是张养浩辞官归隐后所作。曲中抒发了他对大自然美好风光的热爱,也表达了他鄙弃世俗生活,隐迹林泉,寄情山水,清高自娱的思想情趣。

"云来山更佳,云去山如画。"起首二句,如神龙吸水,劈空而下,淡淡几笔,便将山区云奔雾涌、变幻莫测的壮丽景观呈献在读者面前:白云涌来之时,波翻浪卷,雾气弥漫,山在云雾之中,恰如岛浮海上,时隐时现,妙不可言;白云敛退之后,地碧天青,阳光灿烂,山立天光影里,颇似浴后新妆,含媚含娇,画图难足。这一"来"一"去",写活了山容云态,将云与山浑然融为一体了。

　　"山因云晦明,云共山高下"二句,进一步描写山与云的相互关系。山色随云的来去而变化,一会儿明,一会儿暗;云流随山的形状而翻腾,一会儿高,一会儿低。它们互相依托,互相映衬,共同构成了大自然的妙景奇观。

　　上面这四句,属于《雁儿落》。作者未加任何评议,只是客观地描摹眼前的风光,却将烙印深深地打进了读者的脑海。曲调过入到《得胜令》后,他开始融情入景,抒发自己的情怀。

　　"倚杖立云沙,回首见山家。"这一"立"一"见",顿将欢乐之情,溢出言外。云海中看山,山巅上看云,山色晦明开合,云涛奔涌回环,谁能不生眷恋之意? 此际早已心醉神迷,而蓦然回首,瞥见自己的家,就隐在这云霞缭绕的山峰之下,又岂能不生自豪之情? 立得久了,看得细了,自然会有新的发现,那静眠于山草之中的野鹿,嬉戏在野花丛里的山猿,果然被作者锐利的目光搜捕到了。这两种生灵的出现,给本来就美不胜收的云山,又平添了许多生趣。难怪作者会情不自禁地高呼"我爱山无价"了。面对如此充满生机的自然风光,谁能不从内心发出由衷的赞赏呢?

　　以上数句,作者融情于景,借景抒情,在欣赏、赞美、评价云山的同时,极自然地流露了他那超然于世外的淡泊心性。

结尾两句,作者将自己对云山的感情,做了更进一层的深化。"看时行踏"四字,说明他的心已被云山拴住,一步一回头,一步一停顿,乐不思归,流连忘返。"云山也爱咱"一句,与"我爱山无价"巧妙接榫,将云山当作自己的挚友,赋予它人的感情,人爱山,山爱人,创造了物我浑然一体的妙境。这个收束,意从天外飞来,情自心中流出,与李白的"相看两不厌,只有敬亭山",辛弃疾的"我见青山多妩媚,料青山、见我应如是,情与貌,略相似"等千古名句,有异曲同工之妙。

张养浩是元代曲坛高手。曾任过礼部尚书、监察御史等要职,为国家和人民办过不少好事。由于宦海沉浮,不胜人世沧桑之痛,所作小令,多描写归隐后的闲适生活,以寄寓他对时政的不满。上面介绍的这首带过曲,便是这方面的代表作。近世有人在评论此曲时,批评他思想消极,影响了人们的进取精神,实在有欠公允。且不说他对时政的不满是否有理,单就他描绘出祖国河山的壮丽,给人们以美的享受而言,就很值得赞扬。祖国的一山一水、一草一木,都是如此的美妙,难道人们不应该自觉地去爱护它、捍卫它吗?这种在客观上产生的激励作用,正是不折不扣的进取精神,又何来"消极影响"可言?在本篇结束之前,顺便为张养浩说句公道话,想必不为过吧。

附录

《求不是斋诗话》(节选)

诗者，文学之精也，难从笔上得来，应自心中流出。心中无激情，不可强作。勉强落笔，恐其画虎不成反类犬耳。纵有千言，何足言价？

即事、咏物，宜取其一点而深掘之，切忌贪大求全，面面俱到。求全则易失之薄，一两石灰，焉能白楼房一栋？与其淡饮百杯，不若浓尝一盏。

诗忌四面挥拳，伤筋动骨，点到为止，最为上乘。前朝某公作咏梅诗，唯恐不能道其精髓，一气竟成百首之多，予尝于灯下细拣之，出其中某首，尚称差可，统阅全篇，则觉多转毂语耳。梅之形象未见丰满，倒似兵后田园，支离破碎矣。此四面挥拳、伤筋动骨之弊也，骚人不可不防。

作诗须留余地，不可过分逞才，才尽则诗尽，反觉无味。欲捉尽一天麻雀，予恐其出力不讨好也，人宜慎之。

律诗难工,开头须叫得响,结尾宜悠得长,中间两联则应支梁立柱,撑起门面。开头不响,是为闷头;结尾不长,即谓秃尾;中两联不得力,则可称家徒四壁,一贫如洗了。

律诗最忌生硬凑对,生硬凑成之对,如朽木立柱,看似有形,实则贻误大事,初习者不可不知。

律诗抽出中间两联,首尾便成绝句者,应打入冷宫;去首尾而成绝句者,宜送去劳教;中裁而成两绝句者,则冷宫、劳教俱不能收,端的不可救药矣!

对仗须势均力敌,力不敌者,蹩脚联也。"溪云初起日沉阁,山雨欲来风满楼",前脚蹩也,"近水楼台先得月,向阳花木易为春",后脚蹩也。久而久之,多数人便只记得一条腿,岂不惜也乎哉!

应酬诗非不能作,作宜认真也。应酬不是应付,总要有些个性方好。以赠答为例,若一首诗如通用礼品,可以赠张三,亦可以赠李四,则此种诗大可不必劳神去作。必得赠老者以杖,赠少妇以裙,赠童子以饼,方可为之。

诗忌说霸蛮话,金刚怒目,人所不堪。同是一人咏菊花,"待到秋来九月八,我花开后百花杀",气魄固雄,然令人望而生畏;"他年我若为青帝,报与桃花一处开",抱负亦是不凡,读来却感亲切。其理何在? 柔能克刚故也。

诗不必担心古人作尽,正饭不必担心古人吃尽类耳。"人事有代谢,往来成古今",历代都有不同诗料,不同语言,此社会发展之必然也。李太白才纵高,焉能写出宇宙寻幽,月宫探秘? 静坐忧诗,杞人属也。果真如此,则大家都不必活了。

作诗无定法,品诗无定评。若流派之豪放、婉约者,实则并无优劣。大抵该豪则豪,该婉则婉,古之贤者多如是。东坡唱"大江东去",固豪矣,然亦有"腻玉圆搓素颈,藕丝嫩、新织仙裳"之婉;李易安"轻解罗裳,独上兰舟"岂非婉乎? 旋又作"生当作人杰,死亦为鬼雄"豪唱。厚此薄彼,必欲以著某流派之冠为幸者,庸扰也,吾恐其终究不能入流。

诗之表现,有主含蓄者,有主直率者,皆自以为是。予以为两法俱佳,但须用于不同场合。何时何地用何法为宜,不在于自身,而在于对象。河洲淑女,固宜软语温存;若恶寇凭凌,则必得"大刀向鬼子们的头上砍去"也! 有时雾里寻芳好,有时开门见山好,未可执于一端。

"作者未必然,读者未必不然",诚至论也,评家得此一法,大增研索余地。但"未必不然"者,亦须有所限度,苟无限度,诗岂不成了橡皮泥,任人搓圆捏扁耶? 本来面目不复有矣。

诗中有余字,病也,人能识之;诗中有懒字,亦病也,人不易觉。盖余字似老翁扶杖,可见形体衰颓,懒字如少妇倚阑,但觉精神倦怠耳。予有《秋蝉》一联,初作"霜枫飘处红迷眼,夜露凝时冷涩喉","处""时"二字尚不为余,然未着全力,难免懒惰之嫌。后以"蝶""珠"二字易之,变赋为比。懒字一去,便成诗眼。前辈诗家刘家传廉秋先生深以为然,特赐诗嘉许云:"春秋正富好推敲,实义根情气自豪。屈指吟坛多后秀,逢人我独说东遨。"

翻案要在另出机杼,别创新意,非徒说反语也。如同翻西施旧案，罗隐云："家国兴亡自有时，吴人何苦怨西施。西施若解倾吴国，越国亡来又是谁。"袁简斋则曰："吴王亡国为倾城，越女如花受重名。妾自承恩人报怨，捧心常觉不分明。"一用刚，一用柔，各行其是，俱可令女祸论者汗颜。时人好此道者，动辄"反其意而用之"，观其所作，不过黑说成白、白说成黑而已。若如此，则人间尽案皆可翻，岂复有是非耶？

传统诗词改革，为时下热门话题。如修订韵书，更新词汇，拓展题材等，诚为？一时？必要，予偶有同感。或有主张尽去格律束缚者，则未免失之偏颇。创新体固宜，破旧体不必。词非诗之改革耶？曲非词之改革耶？未闻宋人因词而弃诗，元人因曲而弃词也。数体并行，岂有悖哉！作旧体，便须守旧律，此天经地义之事。若以破律为改革，则自由诗早已为之，何劳复费气力？不愿守律者，脱缚写自由诗可也，谁能道你半个不字。

诗以纪胜游、通吊庆，本无可厚非。然纯作应时应景之标签则俗矣。如迎春诗借生肖作颂便是一例：龙年颂龙，马年颂马，猴年颂猴，循环往复，殊不厌其烦琐。以此类推，至鼠年得无颂老鼠耶？果如是，则予真不知何从下笔矣。

诗以能道前人所未道者为高，以能道前人道而未至者为更高。此所谓"百尺竿头，更进一尺"者也。此"一尺"较前"百尺"，相去不可以道里计。

作豪语诗须凭中气，徐徐吐纳，切忌野战攻坚般大呼小叫不止。前者似隐隐沉雷，天际回环，余威自远；后者则如空山炮仗，一响之后，便归寂然。

"诗无新变,不能代雄",自是的论;然其变须有所规,若一味求变求新,恐其欲造"太空人",反成"类人猿"模样。

咏物之作,要在不即不离,言外具意,若过于粘著物上,则无余味可寻。

李戴张冠,诗之常法,但须大前提真实,不必为细节所拘泥。东坡作赤壁怀古,只重史上有其事,而不问嘉鱼、黄冈,笔下是何等声色。后人诵其词,唯享受耳,谁复究其资料来源?

诗不怕起得平,就怕结得弱;起得平只是虚晃一枪,结得弱便成丢盔卸甲。

为诗之道,宜多用客观描述,少用主观评述。如诗如画的风光,应由读者去诗中体味,非由作者自家宣示。由读者从诗中体味到的"如诗如画"是含蓄;由作者自家说出来的"如诗如画"是浅陋。

诗重天趣,不忌小疵。有毛病,有味道的新蕾,远胜三家村醋酸夫子没毛病没味道的陈货。

绝句于转合处最为重要,只有第三句做到了"弓开如满月",第四句才会收到"箭去似流星"的效果。

真实乃诗之生命。从生活中觅诗,场景可以虚拟,事实不能虚构;情绪可以夸张,情感不能假设。

情乃诗之血液。无情之诗,类于失血躯壳,纵多妆扮,也是僵尸。无情则诗死,有情则诗生。